「いや？」
「そんな恥ずかしいこと……、できないわ……」
呆れたようなため息をつかれても、男の人の前で自ら脚を開くなんてできないわ。
「俺が嫌なわけではないな？」

十番目の姫ですが、隣国王子の婚約者のフリをしています

火崎 勇

Vanilla文庫

十番目の姫ですが、隣国王子の婚約者のフリをしています

目次

イラスト／ことね壱花

ファンザム国は緑豊かな国だった。

王政は長く、安定し、国民の気質は穏やかで明るい。

温暖な気候のお陰でたっぷり収穫される農産物を輸出し、近隣諸国との関係も友好。

現国王のカルムス王の統治も良好で、平和な国だ。

この国に悲劇があるとすれば、カルムス王が王妃を四人も失ったこと。

最初の王妃は第一王子を出産の際に亡くなられた。続くお三方は病気だ。そこで王は五人目には健康で若い后《きさき》を迎えることにした。

そこまで来たら王妃はいなくてもいいのでは、と思わないでもないが、国を営むにあたって王妃の役割は重要なものらしい。

だが、五人もの王妃を娶《めと》ったお陰で、王には七人の王子と十人の姫がいた。

そしてその十番目の姫が私、ロザリナ・ルド・エリューンだ。

王女といえど十番目ともなれば王位継承問題とは無関係。政略結婚もお姉様達を順番に片付けることで精一杯で、今やっと五番目まできたところ。

適齢期のうちに私の順番まで回ってくるかどうかも怪しい。十歳になるまでは私も王城で過ごしていたが、今では国境沿いに古いお城を一つ与えられ、こちらで過ごしている。

理由は、二つ。

一つは王城に十七人分の王子や王女の部屋を作ることができなかったから。

王の子供に粗末な部屋を与えることもできず、使用人だって沢山つけなければならない。

そうなるとその使用人達を住まわせる場所も必要だ。

金銭的には余裕があっても、空間的に余裕がなくなってしまったのだ。

現在王城に居住しているのは上の王子三人だけ。残りは私のように後見人を付けて地方の城で暮らしている。

ちなみに、王女は婚約が整うと城で暮らすことになっていた。

もう一つは、後見人のせいだ。

私の後見人となったグラハム侯爵は、今の王妃、つまり私のお母様があまり好きではなかった。

噂《うわさ》では五人目の王妃選定の時に、別の令嬢を推していたらしい。

なので私を侯爵邸に迎えるのではなく、王室の持ち物であるこの古城に住まわせることにした。

とはいえ職務には真面目で王室への忠誠は確かなので、嫌がらせをされるようなことはなかった。それどころか、使用人は優秀だし、欲しいものがあれば何でも届けてくれたので生活に不自由するようなことはなかった。

けれど彼が、放任主義であることは否めないだろう。

半年に一度様子見に城に立ち寄るが、後は使用人任せ。

それもまた私にとってありがたいことだ。

何せ、王城では何をするにも『王女としての品格』を問われ、いつも誰かに見られていたが、ここでは自由。

王女としての教育をきちんとこなしていれば、お忍びで街へ出ることもできるし、厨房《ちゅうぼう》へ入って料理をすることだってできる。馬にも乗れるし、ボートを漕《こ》ぐことも。

それ等は絶対王城ではさせてもらえなかっただろう。

「王妃様譲りの漆黒の髪に陛下譲りのサファイアの瞳。すらりと伸びた手足。こんなにお美しくお育ちになったのですから、そろそろ社交界へのデビューも考えなければなりませんわね」

「グラハム侯爵は本当にそういうことに無頓着でいらっしゃるから」

「次にいらしたらきっとロザリナ様のお美しさに気づいてきっとお話を進めてくださるに決まっているわ」

「先日送ってくださったドレスもとても素晴らしいものでしたし」

「あれは侯爵様じゃなくて王妃様がお選びになったそうよ」

「でしたら、王室の方からそのようなお話が来るかもしれませんわね」

そんな話題がメイド達の間で交わされるようになったので、この自由な生活に終わりが近いのかもしれないけれど。

「姫様、本日のご予定は？」

「午前中はお勉強だけれど、午後には何の予定もないから散歩に出るわ」

「街へ行かれるのですか？　でしたら、そろそろ護衛をお付けになった方が……」

「いいえ、森の方へ行くわ」

「乗馬ですか？」

「うーん……、歩いて行くわ。天気があまりよくないようだから、ちょっとだけ、ね」

「それでしたら……。でも姫様、そろそろご自分が妙齢の女性であることをご自覚くださいませ」

「わかったわ。次に街へ行く時には護衛を付けると約束するわ」

私が答えると、メイドは満足げに頷《うなず》いた。

「結構です」

本当に最近はうるさくなってきたのよね。

王城に呼び戻されて、社交界にデビューさせられ、適当な男性との婚約を決められる日も近いかも。

だとしたら余計に外へ出られるチャンスは逃せないわね。

自分の立場は心得ている。

私が立派なお城に住んで何不自由なく暮らしていられるのは、いつか国のためにこの身を捧《ささ》げるためだ。

女の身で国の役に立つということは、国にとって、王室にとって有益な殿方のもとへ嫁ぐこと。

歓迎するわけではないけれど、受け入れてはいる。

それに、嫁がれたお姉様達は皆様お幸せなようだし、変な相手に無理やり嫁がされることはないだろう。

午前中は真面目に家庭教師について勉強し、昼食をいただいた後、自室に戻ってメイドの服に着替える。

王女ロザリナのために用意されたドレスを汚すわけにはいかないので、散歩の時にはいつもメイドに揃《そろ》えてもらった服に着替えることにしていた。彼女達が普段着るような質素なものだ。

髪も一つに結んで、身軽になってから城を出る。

雨、降るかしら？

空を見上げると、森の向こう側に黒い雲が見えた。でも、この辺りは薄い灰色の雲があるだけだ。

上手《うま》くすれば雨は避けられるだろう。降り始めたら真っすぐに帰ってくればいいわ。

メイドの言葉から察して、もうそろそろこの自由な時間はなくなる。

森へ行くにも、街へ行くにも、護衛が付くだろう。護衛が付いていれば、身分の高い者だと思われる。身分が高い者だと知られれば、悪い者に狙われるかもしれないし、この城に王女が住んでいることは知られているので王女だと気づかれるかもしれない。

市場で買い食い、なんてこともできなくなるだろう。

「お城での生活か……」

私は子供の頃の生活を思い出してみた。

朝起きてから夜眠るまで、一人になることは殆《ほとん》どなかった。

綺麗《きれい》なドレスを着るのは嫌ではなかったが、決してそれを汚すようなことはしてはならない。

集められた友人達は私に気を遣って、親しくなることはなかった。

しかも、その子達の母親の中には私に対して敵愾心《てきがいしん》を持つ者もいた。

どうして貴族の御夫人方が王女に敵愾心を抱くかというと、縁談だ。

私の友人として集まった少女達の母親ということは、同じ年頃の娘を持つ母親ということ。つまり、自分の娘が年頃になる頃には一番のライバルが私、と考えていたのだ。

反対に、男の子を持つ母親は王室との繋《つな》がりを求めて私に息子達をアピールした。まだ十に満たない子供の頃でさえそんなだったのだから、適齢期が来て社交界にデビューするとなったらその動きは更に顕著になるだろう。

仕方ないわね。

お姉様達も通った道だもの。それも王女としての務めの一つだわ。

やめやめ、先のことを今考えてても仕方がないわ。

この時間が短いなら、今を楽しまないと。

王室所有のこの森は整備されていないが狩猟に使うため、馬が通る道がある。

その道を進んで行けば、徒歩でも進み易《やす》いし迷うこともない。

天気が良ければ道を外れて楽しむこともあるけれど、今日はそうしない方がいいだろう。雨に降られたら大変だもの。

この間見つけた白百合《しらゆり》の群棲地《ぐんせいち》が今日の目的地。

前に見た時はまだ蕾《つぼ》みだったからそのままにしたけれど、そろそろ咲いているだろう。

もし雨が降ったら台なしになってしまう。その前に摘んでおきたい。天気が悪いのに出て来たのはそれが理由だ。

山百合ならどこでも見つけることができだが、白百合は珍しい。あれを持って帰ったらきっとメイド達も喜ぶわ。

目印にしていた三本並んだモミの木の脇にある獣道へ入る。

細い道を真っすぐに進むとちょっとした段差があって、更に進むと……。

「うわぁ……！」

窪地《くぼち》一面に咲いている白い百合。

素敵。

やっぱり無理をしてでも来た甲斐《かい》があったわ。

私は白百合の中に踏み込むとポケットの中に入れてきたナイフを取り出し、近くの一本を切って匂いを嗅いだ。

「んー……、いい香り」

辺りが暗くなってきたから、急いで摘んでいかないと。

「持って帰れる量には限度があるから、ほどほどにしないとね」

茎を切ると、花の香りとは別に青臭い匂いが立つ。
四、五本切ったところで、変な気配を感じ、私は後ろを振り向いた。
「……っ！」

イノシシ……。

しかもかなり大きなイノシシが、私が入ってきた小道を塞ぐように立っている。通ってきた獣道はこのイノシシのものだったのかも。

百合の匂いがきついせいか、イノシシはまだ私の存在に気づいていないようだった。

今のうちに離れないと。

なるべく物音を立てないように、私はイノシシの反対方向に後じさった。

でも、ここから出る道はイノシシが入ってきた道しかない。もしあったとしても、きっとそれもあのイノシシの通り道だろう。

となると、道のない藪《やぶ》の中を通り抜けるしかないわね。

イノシシは、鼻先を地面に突っ込んで掘り返し始めた。百合の球根を食べようというのかしら？　でもそのお陰で視線が下がって気づかれにくくなってるわ、今のうちに。

そうっと身体の向きを変えて安全そうな藪に向かって歩きだした。

その途端、背後で悲鳴に似た鳴き声が上がった。

気づかれた？　怖くて、もう後ろを振り向く余裕はなかった。

音を立てることも気にせず、藪の中をひた走る。

追って来ているかどうかもわからないけど、兎《と》に角《かく》距離を取らなくては。

闇雲に暫《しばら》く走ると、大きな倒木が目に入った。確かイノシシは木に登ったりできないから、上に逃げるといいのだっけ？　木に登るのは無理だけれど、倒木の上に登るくらいならできるかも。

進路を変更し、倒木に向かい、何とかその上に登ってから自分が来た道を振り向いた。

……来ない。

イノシシの姿はないし、現れる気配もない。

よかった、逃げ切れたわ。

でもすぐに動かない方がいいわよね。近くにいるのは確かだし。私は倒木の上に腰を下ろした。

随分太い木だったので、腰掛けても足は地面につかなかった。

百合、もっと採《と》りたかったけどもうダメね。暫く置いてから今来た道を戻るにしても、またあいつに遭遇する可能性があるから身軽にしておかないと。

雨が来たら花はダメになってしまうかしら？

場所を教えて、男の人に採りに来てもらおうかしら？　でもイノシシの話をしたら、もう一人で森へ行ってはいけませんと言われてしまうかも。

百合は諦めるしかないわね。

ぼんやりと考えていると、また不穏な音が聞こえた。

今度はイノシシではない、雷だ。

「……嘘《うそ》」

まだ遠いけれど、風が急に強くなってきた。この風に乗って、遠かった黒い雲がこちらに来るかも。

「戻らなきゃ」

イノシシも怖いけど、こんなところで雨に降られるのはもっと怖い。

私は倒木から飛び降り、城のある方向へ向かって歩きだした。

誰か、迎えがきてくれないかしらと思いながら。


ポツポツと降り出した雨は、すぐに激しいものになった。

辺りは暗くなり、雷も近くなる。

馬を通す道は真っすぐ北へ伸びていた。そこから東に折れて白百合の咲く窪地へ行き、イノシシに追われてそのまま東に進んだはずなので、今度は南西へ向かえば城が見えるはずだった。

途中崖になっていたり、川があったりして通れない場所を避けてはいたけれど、ちゃんと南西に向かって歩いていたはずなのに、いつまで経《た》っても城が見えないのは何故《なぜ》？

服は既に雨を吸ってぐっしょりと重い。

ずっと持っていた百合も終《つい》に諦めざるを得なくなってしまった。

こっちで……、合ってるのよね？

不安が大きくなるけれど、雨宿りする場所もないのだから進むしかない。

イノシシさえ出なければ、百合だけ摘んですぐに帰れたのに。そうしたら雨に降られないで帰れたのに。

今更言っても仕方ないけど、やっぱり今日は止めておけばよかったかも。

寒い。

日が暮れたらどうなるのだろう。

この森には狼《おおかみ》が出たかしら？

心細くてちょっと泣きそうになった時、やっと道っぽいところへ出た。

これは、馬が通る道よね？　獣道じゃないわよね？　獣道だったら、またイノシシに出くわす可能性があるから注意しないと。

それにしても、この道をどっちに行けば城なの？

彷徨《さまよ》い過ぎてもう方向感覚がなくなってきた。

誰かが捜しに来てくれるとしたら、この道に沿ってやってくるかもしれないし。

どうしたらいいのか途方に暮れていると、蹄《ひづめ》の音が聞こえた。

よかった。

やっぱり誰かが捜しに来てくれたのだわ。

遠くにポツンと明かりが見え、音と共にどんどん近づいてくる。

「ここよ！」

手を上げ、道の真ん中に出る。

でも、心細かったからとはいえ、それは軽率な行動だったかもしれない。近づいて来た一行は、どう見てもうちの城の者には見えなかったから。

「女？」
一、二、三……、総勢七人の騎馬の人物は全員身なりの良い若い男性で、しかも見たことのない顔だった。
「あ……、あの……」

「道に迷ったのか？」

「はい……」

先頭の人がゆっくりと近づいてきた。

フードを被っているので顔がよく見えない。

盗賊……、じゃないわよね？

「フォーンハルト様、無闇に近づいては」

フォーンハルト？　様？　名前に聞き覚えはないけれど、『様』と呼ばれているのなら、貴族の一行かも。

フォーンハルトと呼ばれた人物は馬を下りて近づいてきた。

「濡れねずみだな」

そしてそう言うと、羽織っていたマントを脱いで私に掛けてくれたかと思うと、いきなり抱き上げた。

「きゃっ！」

「騒ぐな、暴れるな」

「何をなさるのですか！」

「このままここで濡れていたいのなら放っておくが、そうでないなら少しおとなしくしていろ」

彼が私を馬に乗せると、別の一頭が近づいてきた。

「彼女を乗せるのなら私の馬に」

「いい。時間がもったいない。すぐに行くぞ」

彼は私を抱き抱えるように馬に乗り、すぐに走らせた。

どうしよう。

帰して欲しいと言うべき？　でもここで置いて行かれたら、寒さで死んでしまうかもしれないし。

彼等が何者なのかはわからないけれど、ここはおとなしく付いていくべきかも。彼等だってどこかで雨宿りをするつもりだろう。城の客ではないのだから、きっと近くの村か街

へ行くのだわ。

そうしたらそこで別れて、使いを出して、城から迎えに来てもらおう。

「あ……、ありがとうございます」

「黙ってろ。舌を噛《か》むぞ」

取《と》り敢《あ》えず感謝を伝えようとしたのに、彼は冷たく言い放った。

言ってることは正しいけど、もう少し優しい言い方があるのじゃなくて？

……助けてもらっているのだから文句は言えないわね。

それにしても、この人は馬の扱いが上手いわ。こんなに走らせているのにブレがない。

私に鞍《くら》を譲っているからかなり乗り辛《づら》い状態だと思うのに。

雨は益々酷《ひど》くなり、前もよく見えなくなった頃、大きなテントが見えた。

テント？　街や村じゃなくて彼等の宿営地はここ？　それじゃ使いを出すこともできないじゃない。

到着すると、彼は私を抱き下ろした。

「自分で歩けます」

「それは結構。フランツ、馬を頼む。身体を拭いて休ませろ」

「フォーンハルト様、後は私が」

「テオール、タオルを持って来い」

　さっきも彼の行動を止めた茶色い髪の男性が近づいてきたが、彼は命令を出して遠ざけると私を伴って一番手前の大きなテントの前にある日よけタープの下に入った。

　テオールと呼ばれた人物は近くにある別のテントに飛び込み、すぐにタオルを持って出てきた。

　馬の世話を命じられたフランツは轡《くつわ》を取って、他の人達と一緒に一番簡素なテントの中に馬を入れていた。あれは馬専用のテント？　そんなものまで用意しているなんて、かなりの有力貴族だわ。

「ほら」

　ぼんやりしていると、フォーンハルトが私にタオルを押し付けた。ふかふかのタオル、うちで使っているのと遜色のない高級品だわ。

「何をボーッとしている。拭いてはやらないぞ」

「当然です！」

　慌ててタオルで髪を拭いた。

　馬上では彼と接近していたから、彼の温《ぬく》もりでいくらか寒さをしのげていたが、急に寒さが戻ってくる。一度温もりを得たせいか、余計寒くて歯の根が合わない。

　彼の温もり……。私にマントを貸し、雨から守ってくれていた彼の方が寒いのでは？

「入れ」

視線を向けると、彼は私にも命じた。

命令し慣れているのね。まあ仕方がないわ、私の今の格好はどう見ても街娘かメイドだもの。

「失礼いたします」

今更王女だとバレて騒ぎになるのも困るから、暫くメイドのふりをしなくちゃ。

暗いテントに入ると、テオールがすぐにランプに火を入れ、テントの隅にある暖炉にも火を点《つ》けた。簡易とはいえテントに暖炉が付いているなんて。

明かりに照らされたテントの内側は、とても広くてなかなか豪華だった。上から垂れた布がテントの中を仕切っていて奥は見えないが、こちら側はリビングのようにも見える。

「テオール、着替えは持ってきているな?」

「はい」

「では二着持って来い」

テオールは私をチラリと見た。

「彼女をどうするつもりですか?」

「今夜はここへ泊めるしかないな」

「しかし……」

「明日になったら雨も止《や》むだろう。こんなところまで一人で来るような娘だ、自力で帰ってもらう。だが紳士として、嵐の夜は女性に寝所と食事を提供するのは当然だろう」

「わかりました」

またテオールが私を見る。

その緑の瞳は、『余計なことをするな』と言っているようにも見えた。

彼は一旦テントから出たが、すぐに着替えを持って戻り、フォーンハルトにシャツとズボンの着替えを渡し、命じられてもいないのに私にも渡してくれた。

「奥で着替えてこい」

「ここで？」

「だから奥で、と言っただろう。ここで着替えたいのなら構わないが」

言いながら、彼はもう自分の服を脱ぎ始めた。

「きゃっ！」

慌てて顔を背けたけれど、逞《たくま》しい身体は見えてしまった。

「男の裸に喜ぶタイプの女ではないようだぞ」

からかうような言葉。

「こっちへ、そこから布の向こうへ行けます。着替えてから出てくるように」

意外にも、テオールが優しく私を案内してくれた。わかったわ、さっきまでの二人の言動を見る限り、テオールはフォーンハルトに仕えているのだろう。私が主に言い寄るタイプの女性ではないと見て、礼儀を取り戻したのね。

彼が私に対して警戒しているのなら、不埒《ふらち》な真似《まね》はしないだろう。

奥にはランプの明かりが届かず薄暗かったが、着替えることはできた。私は今入って来た入口を睨《にら》みながら着替えることにした。濡れたままの服では風邪を引いてしまうもの。

「どうなさるおつもりです？」

仕切りが布だけなので、向こう側の二人の会話が聞こえる。

「どうするって？」

「狩りをお続けになるつもりですか？　天気もこうなりましたし、もうお戻りになった方が」

「そうだな。国境近くまで離れれば安心だと思ったが、思っていたよりも国境に近づき過ぎていたかも」

「この森の南側はもうファンザムですからね」

ん？　ん？　今の言い方は……。

ひょっとして、彼等は我が国の貴族ではないの？　国境の北側といえばクレスタ、彼等はクレスタの貴族ってこと？

「明日にはここを引き払って戻ろう。休暇は終わりだ」

「それを聞いて安心しました。では皆にもそう言って用意をさせましょう。彼女はどこのテントに？」

「ここに泊まらせる」

「は？　何言ってるんですか」

そうよ、何言ってるの！

「テントに余剰はないだろう。他の男達と寝かせるわけにはいかない。俺のテントなら他の連中が変な気を起こしても入って来ることはできないだろう」

「フォーンハルト様。彼女はどう見てもどこかのメイドか何かでしょう。遊び女ではありませんよ」

「メイドか……。では気を付けないとな。私の悪評が立たないように丁寧に応対してやらないと。奥の寝所を彼女に譲るから、ここに私の寝る場所を作ってくれ」

……一緒に、と言い出されなくてよかった。

「聞こえてるな、娘。今夜はそこを譲ってやる。着替えたなら安心して出てこい」

う……、盗み聞きがバレていたか。

ちょっと大きい男物の服に身を包み、顔を覗《のぞ》かせる。

「ありがとうございます」

「出て来ていいと言っただろう」

「男物のシャツで人前には……」

「よかったな、テオール。彼女は慎み深くもある。私を色仕掛けしようという気はないようだぞ」

「そんなことはしません！」

からかうフォーンハルトと違って、テオールはすぐに乾いたマントを持って来て渡してくれた。

「濡れたドレスを持って、暖炉の前に行きなさい」

うーん、テオールの方が紳士だわ。

「ありがとうございます」

お言葉に甘えて、マントを羽織ってからポケットにしまっておいたナイフを取り出し服を持って出て行く。ナイフを取り出したのは、百合を切るための小さなものとはいえ、いらぬ誤解を生まないようにするためだ。

「下着も乾かした方がいいぞ」

「下……、着ていれば乾きます」

「フォーンハルト様」

テオールの叱責の声にフォーンハルトは肩を竦《すく》めた。

「親切で言っただけだ」

「親切に聞こえません。お嬢さん、もしこの方が何か不埒な真似をしたら大きな声を上げてください。すぐに飛んで来ますから」

「飛んで来るということは、いなくなってしまうのですか？」

「食事を持ってきますので」

「私もいただけるのでしょうか？」

「もちろんです。大したものは出せませんが」

「何から何まで、ありがとうございます。先ほどそちらの方もおっしゃったように、明日、雨が上がったら自分の足で戻りますわ」

「近くの街ぐらいまでは送りますよ？」

「いいえ、貴族でいらっしゃる皆様のお手をわずらわせることなどできませんわ。晴れれば道もわかりますし」

……多分。

「そうですか。では、食事を持ってきますのでここで待っていてください」

「はい、ありがとうございます」

紳士のテオールがテントを出て行くと、私はフォーンハルトに目を向けた。

金色の髪に少しきつめの整った顔立ち、青い瞳と形のよい薄い唇。黙っていれば素敵な貴公子だ。

私の視線に気づき、彼は濡れた前髪を掻《か》き上げ、側にあった大きなクッションに腰を下ろした。

「男に襲われることを警戒するなら、これからは雨の森を一人で歩き回ることはしない方がいいな」

「森へ入った時にはまだ晴れていました」

「雨が降ったのに戻らなかったのだろう?」

「それはイノシシに追われたからです」

追われたというか、遭遇した程度かもしれないけど。

「よく逃げられたな」

「気づかれないうちにその場を離れようとしたのですが、途中で気づかれたので後ろも見ずに逃げました。でもあなたのおっしゃる通り、天気が悪くなるとわかっていて森に入ったことは反省してます」

「素直だな」

「事実は認めることにしてます」

「それはいいことだ」

口は厭味《いやみ》っぽいけれど、心は優しいのかも。

一行の主らしいのに、一番に私に気づいて自分のマントを与えてくれたし、こうしてテントまで連れてきてくれた。着替えも用意させて、今は寒いだろうに私を気遣って暖炉から離れた場所に座ってくれている。

「……不埒な真似をなさらない自信がおありでしたら、どうぞ暖炉の側に。お風邪を召されましてよ」

「誘ってるのか？」

「変なことをしたら大声を出します」

「口を塞げば声は出せないぞ」

「そうしたら、暖炉の薪《まき》を投げ付けます」

私の答えに、彼は声を上げて笑って立ち上がった。

「私は貴族の跡取りで、簡単に女性に手を出すことのできない立場だ。だから、お前が私を籠絡しようと考えているなら無駄だと言うところだが、お前には『安心しろ』と言ってやるべきだな」

そして私とは反対側の暖炉の側へ座り直した。丁度、暖炉を挟んで左右に座った形になる。

「さっきも聞いていただろうが、私のテントにいる限り他の者も手だしはできない。安心して眠れ。私が怖ければ奥に籠もっていればいい」

「怖いとは思いません。むしろ感謝しております。あのまま気づかないフリをして通り過ぎることもできたのに、ここまで連れてきてくださったのですから」

「礼儀正しいな」

「いい家のメイドなものですから」

私は自分から『メイド』と名乗った。

だって、自国の貴族でもまずいけれど、他国の貴族に王女だとバレてしまったら何をされるかわからないもの。

そこらの女性なら手を出すことはなくても、私を手に入れれば隣国の王族との繋がりが手に入ると思って気持ちを変えるかもしれない。

このテントや従者の態度から見てそれなりの爵位の貴族なのだろうけれど、どんな人であっても王女の相手はきちんと調べてからでないと。

「お前ほどの態度と容姿なら侍女にもなれるだろうな」

「目指しております」

「うちで雇ってやろうか？」

「私は自分の主を敬愛しておりますので、遠慮いたしますわ」

そこへテオールが戻って来た。

「今食事の支度をしています。今晩は私もここで休ませていただくことにしました」

「何でお前が。私を信用していないのか？」

「いいえ、そちらの女性を警戒してのことです」

と言いながらも、彼は私に微笑《ほほえ》みかけ、頷いた。二人きりにはしませんから安心してください、というように。

内心は、私が主に夜這《よば》いをかけないかの心配なのかも。

「せっかくの休暇だったのにな」

寝床の支度をするテオールを横目に、彼はごろんと横になった。

「行儀が悪いですよ」

こんな主で、テオールは苦労していそうね。

「彼女に安心を与えてやってるだけだ。寝転がっていれば飛びかかられるかも、と緊張しなくていいだろう？」

「それは屁理屈《へりくつ》です」

うん。絶対苦労してるわ。

スープとパンの夕食をいただいてから、私はすぐに奥へ入らせてもらった。

彼等を信じていないわけではなく、色々訊《き》かれると困るので。

こちらに会話が聞こえることがわかっているからだろう、彼等はボソボソと小声で会話を交わしていた。

緊張してなかなか眠れなかったが、森を彷徨い雨に打たれて疲れたせいか気づくといつの間にか眠ってしまっていた。

目覚めたのは布の外から声を掛けられてからだった。

「おい、起きてるか」

低い声。

誰？　随分な起こし方じゃない。しかも男の声？

いつものメイドはどうしたの？

「起きろ、踏み込むぞ」

私の部屋に入るなんて無礼な！

ガバッと起きて、目に入った光景で思い出した。ここは城の私の部屋じゃない。見知らぬ男達のテントだったと。

「起きてます！」

気づいた途端、声の主が誰であるかも思い出し、大きな声で返事をした。

服は着たまま寝ていたけれど、踏み込まれてはたまらない。

「出て来い。朝メシだ」

「はい！」

私は解いていた髪を手櫛で直し、マントを羽織って寝所から出ていった。

「ドレスは乾いたぞ。着替えろ」

昨日暖炉で乾かした服が渡される。安い布はごわごわになっていたが、透けそうな男性のシャツよりはマシだ。

「あの……、よろしければ櫛かブラシはありますでしょうか？」

「櫛か」

テントの中には、テオールの姿はなくフォーンハルトしかいなかった。

「ほら、これでいいか」

柄の付いた男性用の櫛を渡してくれる時、彼は私の髪を一房手に取った。

「綺麗な髪だな。黒髪は珍しい」

「母が南の出なんです」

慌てて髪を引っ張って奥に戻る。

今のは単に興味があるという態度だったけれど、男の人に髪を取られるなんて初めてで焦ってしまったわ。

髪は手入れをせずに寝てしまったから絡まっていたけれど、櫛を入れると何とか元に戻せた。でも服の方は着たから柔らかくなるというものではない。着心地は最悪だ。

この服をドレスと呼んでくれたのは、彼の気遣いか、女性の服に頓着がないのか。

取り敢えず服のシワを伸ばし、乾かしておいた靴を履き、外へ出ると、今度はテオールがいた。

「これは、昨日は気づかなかったけれど美しいお嬢さんだ」

「ありがとうございます」

テオールの言葉に礼を述べる。

「朝食を持って来ましたよ。狩りの獲物がないので昨日と同じで申し訳ないが」

「とんでもございません。貴重なお食事を分けていただいただけで十分です。食事が終わったらもう戻ります。家の者も心配していると思いますし」

「そうですか。我々ももう戻るので、これでさよならですね」

「はい」

よかった。

何事もなく終わりそうだわ。

フォーンハルトも、もうそれ以上はからかってくることもなかった。

食事を終えると、私は早々に出立することを申し出た。

馬に乗って随分と家から離れてしまったので、早く帰りたかったのだ。

「馬に乗れるなら、馬を貸してやろうか？」

フォーンハルトからの申し出があったが、それは断った。返しにくることができないからだ。

「ありがとうございます。こう見えても健脚なので、大丈夫ですわ」

「ここを進めば街に出る。こちらは国境だ」

「主の家は国境沿いにあるのでこちらですわね」

「ということはデマシー伯爵の家か」

「さあ、どうでしょう？　お名乗りにならない方に、主の名前は申せませんわ」

私がごまかすと、彼は笑った。

「なるほど」

そして外に出てテントを片付け始めていた他の人々にも軽く会釈をし、国境の方向へ向かって歩き始めた。

きっと城では大騒ぎね。

まさか私が国境を越えて隣国の貴族に助けられたとは思っていないでしょう。あの雨で、どこかで雨宿りをしていると思っているだろう。

だとしても、きっと捜索隊は出ているはずだ。

城まで歩くのは相当疲れるが、国境を越えた辺りで捜索隊と遭遇できるかもしれない。

その国境までがどれくらいなのかわからないけれど……。まあ兎に角この道を真っすぐに進んで行けば何とかなるでしょう。

もしまたイノシシが出たら、というのだけが心配だけれど、その時は木にでも登るしかないわね。

イノシシのことを思い出した途端不安が過り、私はポケットの中のナイフを握り締めた。

いえ、握り締めようとして、そこにそれがないことに気づいた。

百合を切るための小さなナイフをここに入れておいたはずなのに。

そうだわ、昨日服を乾かす時にポケットから出して、枕の下に忍ばせておいたんだわ。

朝、フォーンハルトの声に驚いて起きたから、すっかり頭から飛んでいた。

ナイフの一本ぐらい失くしても大したことはないが、あれには王家の紋章が入っていたかしら？　王女の持ち物には全て王家の紋章が入っている。もしそれに気づかれたら、私の正体にも気づかれるかも。

いいえ、紋章がなかったとしても、柄の部分の意匠は我が国特有のものだ。

私は少し悩んでから、踵《きびす》を返した。

取りに戻ろう。

彼等はもうテントを片付け始めていた。

バタバタしている今なら裏側から回ってそっと中に入り、取り戻すことができるかもしれない。

見つかったら正直にナイフを取りに来たけれど、武器を持っていたと責められるのが怖かったので、と言えばいいわ。とにかく、ナイフさえ見られなければ何とか言い逃れることができるだろう。

テントの近くまで戻ってから横合いの草むらに入って、更にテントが見えるところまで近づく。

一行は馬のテントを外しているところで、フォーンハルトはテントから出した馬を宥《なだ》めていた。馬は繊細な生き物だから、片付けの物音に驚かないようにだろう。

彼等の様子を窺《うかが》いながら裏手に回ろうとした時、何かが光った。

何だろう。雨露が反射したのかしら？

目を凝らすと、斜面になっている木立の間に数人の人の姿が見えた。丁度テントが見下ろせる場所だ。

そして光ったのは、彼等の一人が構えていた矢尻だった。

別の狩りの一行？　でも矢の向いている先は森の中ではない。斜面の下、つまりフォーンハルト達のいる場所だ。

何が何だかわからなかった。

一つだけわかるのは、あの矢はフォーンハルトを狙っているということだけ。

そう思った瞬間、身体が動いた。

「危ない！」

草むらから走り出て、馬の側に立っていたフォーンハルトを突き飛ばす。同時にキラリと光るものがこちらに向かって飛んできて……、私の肩に当たった。

「……っ！」

倒れ込む私を抱きとめ、彼も一緒に倒れ込む。

「崖の上だ！　行け！」

フォーンハルトの声が聞こえた。

「お前、どうして……」

肩が熱い。

「忘れ……ものを……」

「しっかりしろ！」

私の顔を覗《のぞ》き込《こ》むフォーンハルトの顔が近い。

必死で真剣な眼差《まなざ》し。そんな顔もできるのね。私をからかっていた顔より素敵だわ。

「怪我《けが》は……？」

「私のことより自分のことを心配しろ！」

「そうね……。すぐ手当てして……。私は帰らないと……」

肩が痛い。

熱い。

「すごく……痛いから治療を……」

何故だろう、怪我は肩なのに目眩《めまい》がする。

「目を開けろ、寝るな！　意識を手放すな！」

無理。全身が熱くなってきた。

瞼《まぶた》が閉じてしまう。酷く眠い。眠ったら、この痛みと熱から解放されるのでは、と思うと楽な道に逃げたくなる。

肩に、また新たな痛みを感じたので、何とか意識を取り戻すことができたが、またすぐに遠のいてしまう。

目が開けられない。もう口を利くこともできない。

「……お前は！」

失敗したわ。あの矢にはきっと毒が塗ってあったのだわ。

王女として軽率な行動だった。でも目の前で人が死ぬのを見たくなかったのよ。助けられるとわかっているものを見殺しにはできなかったの。

……フォーンハルトだから、というわけじゃないわ。

全身が重たくなって、感覚がなくなる。

私はここで死ぬのかしら？

いいえ、死んではダメ。絶対に生きて帰るのよ。他国の貴族の争いに巻き込まれて王女が命を落としたなんてことになったら、国交問題だもの。

「テオール！　後は任せたぞ！」

絶対に生きなきゃ……。

生きて……、帰らなきゃ……。


真っ暗で暑い。

熱い。

「何とかしろ」

誰かの声が聞こえる。

これは、フォーンハルト？

「毒を出すためには傷口をもっと開きませんと」

この声はわからないわ。とても落ち着いた、年配の男性の声ね。

「お着替えはこちらに」

女性の声。

「お食事はいかがいたしましょうか？」

この喋《しゃべ》り方はメイドかしら？

メイド……。

城のメイド達の顔が暗闇の中、次々と浮かんでは消えてゆく。

執事のメイソンの顔や、料理長の顔。園庭や馬屋番、城で働く全ての人々の顔が浮かび、両親の顔も浮かんだ。

『自由にさせ過ぎたか』

お父様はきっとそうおっしゃるだろう。

『お父様に迷惑をかけてはいけませんよ』

お母様はそう言うに違いない。それがお母様の口癖だったから。

お母様は年若くして入城なさったから、王妃であるというのにいつも何かに遠慮をしていた。反対派が多かったからというのもあるだろう。

お父様に大切にされて、ご公務をきちんとこなしていても、いつも気負っていた。いなくなってしまった人の方がよく見えるから、いつも『前』王妃達と比べられていた。だから今ではもう王妃然としているのに、相変わらず私に会うと繰り返すのだ。

『お父様に迷惑をかけてはいけませんよ』

そんなこと言われなくてもしない、と思っていたけれどお母様の心配が現実になってしまったわ。

「お熱が下がらなければ何とも……」

　また声。

「どうするおつもりです?」

　声。

「目が覚めるまで待て」

　声。

「峠は越されたかと」

「髪を編んで差し上げた方がよろしいですわね」

「城から使いが」

「待たせておけ」

「自害しました」

「見つけました。嘘ではなかったようです」

「休暇は残っている」

　くるくると、私の周囲で言葉が回る。

　誰が何を言ってるいるの?

　何のことを言っているの?

「お前は誰だ?」

それ、私のこと？
でも訊かれても答えないわ。
私のことを知らない人に、私のことを話してはいけないことくらいわかっているもの。
喉を、冷たい水が流れてゆく
気持ちがいい。
でもまだ、瞼は鉛《なまり》のように重たかった。

目が覚めた時、最初に目に入ったのは見知らぬ天井だった。

テントではない。ここは建物の中だ。

「……う」

起き上がろうとすると、肩に酷い痛みが走った。

「お嬢様？」

夢の中で何度か聞いた女性の声。

顔をそちらに向けると、老齢のメイドが近づいてきた。

「目が覚めましたか？」

「ここは……、どこ？　あなたは？」

「ここはリラの館でございます。私はメイドのアンと申します。お腹《なか》は空いてらっしゃいませんか？」

言われると、酷く空腹なことを思い出す。

「ええ。空いてるわ。それに喉が……」

「ではすぐに何かお持ちいたします。お怪我をなさってますので、そのまま横になっていてくださいませ。ここは決して危険な場所ではございませんので」

穏やかな微笑み。

年齢的に見ても、老練なメイドだろう。

アンは静かに部屋を出て行った。

リラの館……。聞いたことのない名前だわ。

なるべく身体を動かさないようにして、部屋の中を見回す。

壁紙にはリラの花。館の名前を模してだろう。家具は白で統一され、テーブルの上には花が活《い》けてあるが、これはリラではない。

ベッドのすぐ横にもサイドテーブルがあって、そこにはピンク色の名前のわからない花が飾られている。水差しと吸い飲みも置かれていた。

そして大きなハイバックの椅子。

看護人が座るものかしら？

ノックの音がしたので、「どうぞ」と答えると、入って来たのはアンではなく、フォーンハルトだった。

「目が覚めたか」

彼はスタスタと歩み寄り、椅子に座った。うん、彼に似合う椅子だわ。

「お前の名前は？」

「え？」

「意識のない時に呼びかけられなくて困った。私の名前を知っているのだからお前の名前も教えろ」

私はちょっと考えてから、「ロザリーです」と答えた。

本当の名前を教えたくなくて。

「ロザリーか」

彼は、私をじっと見つめたかと思うと、大きなため息をついた。

「お前はバカか」

「……え？」

聞き間違いかと思った。私はあなたの命の恩人よ。その相手に向かって『バカ』とは何よ、『バカ』とは。

「あれぐらいのものは一声掛ければ避けられた。何故身を投げ出した」

「わかりません」

「わかりません？」

「狙われている、と思ったら反射的に身体が動いたのです」

「私が誰だか知っているのか？」

「いいえ。貴族で、フォーンハルトという名前だけしか知りませんわ」

「……やはりバカだな。戦闘の経験のない娘に何ができる。自分が死ぬとは思わなかったのか」

「あなたを助けることができましたし、こうして生きてますわ」

愚弄するような言葉ばかりを投げ付けられ、ムッとして言い返した。

「結果は理由を正当化できない」

「終わり良ければ全てよしと言うではありませんか」

「死ななかったのは、私が手当てをしたからだ。そうでなければ死んでいた」

「矢に毒が塗られていたから、ですか？」

「気づいていたのか」

「矢が当たっただけにしてはすぐに気を失いましたから。想像です。でもあなたが助けてくださったから救われた命だということは承知しています。本当にありがとうございました。……ッ」

感謝のつもりで頭を下げようとしたが、ちょっと動いただけで痛みが走った。

「動くな、バカ娘」

「あまり人のことをバカ、バカ言わないでください。あなただって、目の前で恩人が殺されるかも、と思ったら身体が勝手に動くことはあるでしょう？　それとも、フォーンハルト様は見殺しになさる方なのかしら？」

最後のは厭味だ。

彼も気づいたのだろう、口元が歪《ゆが》む。

「口は達者だな。何故俺がお前の恩人なんだ？」

「雨の中、拾っていただいて一夜の食事と宿を提供してくださいましたわ。あれがなければ私はあの森の中で凍えて死んでいたかもしれません」

「確かにな。そこからしてバカだ」

……また。

「口が悪いのは生まれつきですの？　それとも……」

言いかけた時、またノックの音が響いた。

「入れ」

入室の許可を与えたのはフォーンハルト。入ってきたのはテオールだった。

「お嬢さんの目が覚めてフォーンハルト様が向かわれたと聞きましたので」

彼は近づいて来ると、フォーンハルトの隣に立った。

どうやら椅子は一つしかないらしい。

「あなたは彼のことを知っていたのですか？」

また同じ質問。

「いいえ」

「では何者かわからない男を命をかけて助けたのですか？」

「矢に毒が塗られているとは知りませんでしたので、多少の怪我はするでしょうが、死ぬとは思っていませんでした。それに、目の前で宿と食事を提供してくれた方が殺されるのは見たくなかったのです」

同じ質問の繰り返しだったので、答えもまた同じことを繰り返した。

「このメイドはロザリーという名前らしい」

「ロザリーさん。……まずはあなたにお礼を言わせてください。フォーンハルト様を守っていただきありがとうございました」

やっぱりテオールの方が紳士だわ。普通は最初にこう言うべきよね。

「テオール、私はこの娘を妻にする」

突然のフォーンハルトの言葉に、私もテオールも驚いた。

「何をおっしゃってるんです。あなたの結婚は簡単に決められるものではないのですよ」

「ロザリーは私の命を救った。その恩に報いるべきだろう？」

「それとこれとは別です。医師を呼び、手厚い看護を与えたではありませんか。恩に報いるというのなら、金銭やしかるべき家での働き口を世話するとか……」

「この娘の肩の傷は一生消えないだろう」

その言葉に、私は更に驚いた。

傷が残る？

私の驚きを見て、彼が顔を寄せた。

「そうだ。医師は傷が残ると言った。お前の無鉄砲な行動の結果だ」

意地の悪い顔。

「嫁入り前の娘を傷物にしたのだ。その責任も取らねばな」

彼は立ち上がり、また私を見てにやりと笑った。

「喜べ。この国の王子が結婚してやるのだから」

「は？」

王子？

「フォーンハルト様！」

慌てるテオールを無視して、彼はそのまま部屋を出て行ってしまった。

残されたテオールは頭を抱えたまま、空いた椅子に腰を下ろした。

「……テオール様？」

名を呼ぶと、彼が顔を上げる。

「傷は一生残るとは言われていません。残るかも、です。残らないように最善を尽くします。ですから、あの方の言うことは本気にしないでください」

「テオール様、私は誰とも結婚するつもりはありませんし、この傷を理由にして何かを望むつもりもありません」

長い沈黙。

「ロザリー嬢」

「ですから、本当のことを教えてください。あの方は何者なのですか？」

彼は私の顔をじっと見つめ、大きなため息をついた。

でもきっと彼は話してくれるだろうと思った。とても紳士な人だもの。

そしてその通りになった。

「確かに、あの方は我が国の第一王子、フォーンハルト殿下です」

田舎の城で育った私は、確かに国際情勢には疎かった。

けれどクレスタはまだ王がご健在なことぐらいは聞いている。そしてクレスタの王には二人の王子がいることも。ただ名前までは知らなかった。

「それでは王子の命が狙われたのですか？　どうして？」

「国の政治のことはあまり知らない？」

彼は私がこの国の者だと思っているようだ。

「私のような身分の者は、王に王子が二人いるということぐらいしか」

「そうです。王子は二人いるのです。つまり王位継承者が二人、です」

「継承問題ですか？　でも陛下はご健在でいらっしゃるのですよね？」

「先月までは。先月、お身体を壊して今は療養中です。すぐにどうこうということはないのですが、そのせいでキナ臭くなっているのです」

「では陛下が継承者を指名すればよろしいのでは？　……隣国のファンザムでは王子が七人もいるのに継承問題はありませんわ。それは国王がいち早く継承者を指名したから……だと聞いています」

「ええ、羨ましい限りです。王子も王女も多いのに、継承者争いがないのですから。きっと現王妃が賢妃なのでしょう」

お母様のことを褒められて、ちょっと嬉《うれ》しくなる。

他国の人間からよい妃と言われているなんて、ご本人に教えてさしあげたいわ。

「だがこの国では違います。フォーンハルト様は先代の王妃のお子。後妻で入った現王妃は、フォーンハルト様を差し置いて自分の息子を王位に据えたいのです」

「陛下は何もおっしゃらないのですか?」

「残念ながら弟君のベオハルト様もバカではないので、王妃からせっつかれて迷っているようです。バカではないが愚かだということも知らず」

言葉に悪意がある。

彼はその弟のベオハルトが嫌いなのね。

「あなたのためですから正直に言いましょう。ベオハルト様はフォーンハルト様を殺してでも王位を手に入れたいと思っています。恐らく王妃様も。今回フォーンハルト様を狙ったのも、ベオハルト様の手の者だと思います」

「捕まえられなかったのですか?」

「捕まえたけれど自害されたのです。……彼等が本当に死にたかったかどうかはわかりませんが」

自害……。

夢の中でそんな言葉を聞いた気がするわ。

「フォーンハルト様の側にいる、ということはあのような連中に命を狙われるということです。遊びや一時の気の迷いで襲ってくるわけではない。今回は助けることができましたが、次はわかりません。ですから、あの方が何を言おうと、絶対に断ってください」

なるほど、彼がこんなにも内情をベラベラと喋《しゃべ》ってくれたのは、私に危機感をもたせるためだったのね。

危ないぞ。だから逃げてくれ、と。

「わかりました。きちんとお断りさせていただきます。ただ傷が治るまでは滞在をお許しいただきたいと思います」

テオールはあからさまに安堵《あんど》の表情を浮かべた。

「もちろんです。完治するまで面倒は見させていただきます」

「でも、第一王子でいらっしゃるなら、フォーンハルト様には私などより相応《ふさわ》しい婚約者が既にいらっしゃるのでは？」

どう見ても彼は私よりは年上だし、王位継承だ何だと言ってるのなら、国内の有力貴族の令嬢と婚約する方がいいと思うのに。

「候補ならいらっしゃいます。ただ、王妃様がまだ早いと反対を」

フォーンハルトと有力貴族が繋がることを阻止したいのね。

「失礼いたします。お嬢様にお食事を運んで参りました」

今度こそ、アンが食事を運んで戻ってきた。

テオールは立ち上がり、椅子を退《ど》かしてアンが運んできたワゴンが近づきやすいようにしてあげると、ベッドの足元にあったテーブルをセットしてくれた。

「あなたを信じますよ、ロザリー。私は私であの方を説得します。それでは、ゆっくり休んでください」

最後まで紳士的な態度で、テオールは部屋を出て行った。

替わって傍らに立ったアンが食事を並べてくれる。

「まずは胃に優しいものからにいたしましょう。何せお嬢様は五日もお眠りだったのですから」

「五日？」

まさかそんなに経っていたなんて……。

「ええ、フォーンハルト様もそれは心配なさって、ずっとつきっきりでした」

「あの……、ここは国境の森に近いのかしら？」

「はい。さほど遠くはございません」

「では国境辺りで騒ぎがあったという話は聞いてませんか？」

アンは私の質問を誤解した。

「騒ぎになるようなことはさせません。誰も、何も知らないことです」

今回の襲撃事件のことを気にしていると思われたのだろう。彼女はきっぱりとした口調で答えた。でもその答えっぷりで、彼女がただのメイドではないとわかった。

彼女は、フォーンハルト様が誰なのか知っているだけでなく、襲撃のことを聞かされている。そして彼等がそれを上手く隠し通せることも知っている。

「ご心配ですか？」

「国境に近いところでの騒ぎだったから、お隣の国が何か騒ぐのではないかと……」

「森の向こう側ですよ？　そんな失態は犯しません」

彼女は余裕たっぷりで笑った。

「さ、手が不自由でございましょう？　お食事召し上がるのをお手伝いしましょうか？」

「大丈夫です」

出された食事は美味《おい》しかった。

城がどのような騒ぎになっているか心配だったが、食後の薬を飲むとすぐに眠気に襲われ、また眠りに落ちてしまった。

どうか、国交問題になりませんようにと願いながら。


再び目が覚めると、辺りは暗く、枕元にランプの明かりだけが灯《とも》っていた。

誰もいない。

身体を動かしてみたが、やはりまだ痛みがある。

完治するのに何日かかるのだろう。

城はどうなっているだろう。

私が森へ出掛けたことはメイドに伝えていた。出て行くところを見た者もいるだろう。

あの嵐で帰れなくなったことはわかったはずだ。となれば犬を使って私を捜す……、ことはできないわね。雨が匂いを流してしまったわ。

捜しに来る者はイノシシに遭遇するかしら？

私がイノシシに追われたと察してくれるかしら？

普通に考えると、あの雨でどこかに雨宿りをしていると思うでしょう。雨が上がれば戻ってくると思って一晩は待ったかもしれない。

いえ、夜になっても戻らなければ、嵐の中でも捜しに出ただろう。けれど見つからないとなればあの嵐の中を一晩中……。

ああ、私の軽率な行動で皆に迷惑をかけてしまったわ。

雨が上がっても戻って来なかったら、次には事故や誘拐を心配するだろう。

グラハム侯爵に報告するかもしれない。侯爵は真面目だから、慌ててお父様に報告し、騎士団を率いて捜索に乗り出すかも。

五日も経っていれば、今そんな状態かもしれない。

ここは森から近いとは言われたけれど、捜索隊が国境を越えてこなければ騒ぎを知ることはできない。

問題は国境を越えてきた時だわ。

フォーンハルトのことをよく知っているメイドがいる、ということはここはきっと王室の所有の館だろう。

正式に『王女を捜している』と訪ねてきて、私の容姿を説明されたら、私が隣国の王女だとすぐにわかる。

そしてその王女を、怪我させたとなったら……。

怖い考えにしかならないわ。

ため息を漏らした時、ノックもなくドアが開いた。

「誰？」

「何だ起きてたのか」

入ってきたのはフォーンハルトだった。

「……ノックもなく入って来るのは失礼ですが、寝ている女性の部屋に入ってくるのはもっと失礼だと思いますが？」

「怪我人《けがにん》の様子を心配して見に来るのは優しさだ」

彼は入ってきてまたあの椅子に座った。

「痛みはどうだ？」

「まだ痛みます」

本当に心配してくれたのかしら？　邪まな考えではなく。

「お前がテントに戻ってきた時に忘れ物をしたと言っていたな」

「ええ」

「忘れ物というのは小型のナイフか？」

「そうです。でもあなたを害するために持っていたわけではないわ。花を摘むために持っていたのよ」

「花？」

「百合の群棲地を見つけて採りに森へ入ったのです。そこでイノシシに……」

「ナイフはテントを畳む時に見つけた。綺麗な細工だったな」

ああ、紋章は入っていたかしら？　それとも入っていなかったかしら？

「だが済まないな、移動の時に紛失してしまったらしい」

「失くした？」

「代わりのものを贈るので許してくれ」

「いえ、いりません」

「だが良い品だったぞ？」

メイドごときが持っているようなものではない、と言いたいのかしら？

「大切なものでしたから、代わりになるものはありませんわ」

「なるほど、では益々申し訳ないな。違うナイフがいらないと言うなら、何か別のものを贈ろう」

「殿下からの贈り物など恐れ多くて」

「たった今まで『あなた』と呼んでいたのに、いきなり『殿下』か？」

意地の悪そうな顔だこと。

整っているだけに意地悪さが際立ってるわ。

「たった今、思い出しましたので」

「『あなた』でもいいぞ。妻になるのだから」

「お戯れを。これからは必ず殿下とお呼びしますわ」

「気の強い女だな」

「お気に召しませんでしょう？　昼間の戯《ざ》れ言《ごと》を訂正なさってもよろしいのですよ？」

「戯れ言？　そんなことを言ったかな」

……あくまで訂正はしないつもりね。

「私はまだどなたとも結婚するつもりはございません」

「俺以外にはその考えでいい」

「殿下にも、です」

「我が国の国民が王子の言うことに逆らえると？」

「権威を振りかざして女性を得るのはみっともないことですわ」

「だが俺は王子じゃなくても魅力的だろう?」

確かに顔はいいわ。顔は。

「そうおっしゃる方は多いでしょうね。その方達からお相手を選ばれればよろしいのでは?」

「その数多《あまた》の中で選ばれたことを光栄に思え。メイドから王妃だぞ?」

「メイドごときには荷が勝ち過ぎます」

「まあいい。それだけの口が利けるなら心配する必要はないな。ゆっくり休め」

本当に心配で様子を見に来ただけだったのか、彼はすぐ立ち上がった。

「おやすみ」

近づくことも触れてくることもなく、それだけ言って出て行ってしまう。

部屋はまた静かになり、もう誰の気配もなくなった。

よかった。ナイフは失くなったのだわ。そしてきっと紋章はなかったのね。だってもしも紋章が入っていたら、フォーンハルトが隣国の王家の紋章だと気づかないわけがない。仮にも王位継承者なのだから。私だって、この国の王家の紋章は知っている。

王家の紋章を見たら私の正体に気づくだろう。

国の繋がりとしてプロポーズの可能性はあるけれど、あんなに無礼な態度をとったり

『バカ』だなんて言うはずがないもの。

心の憂いが一つ消えたわ。

でもいつかは捜索隊がここに来るかもしれない。

正体がバレたら。怪我のことが国に知れたら。まだまだ憂いは消えないわ。

取り敢えず、明日になったらテオールに相談してみよう。フォーンハルトがあまりにもくだらないことを考えるようだったら、こっそり逃がしてどこか別のところで静養させて欲しいと。

王子が貴族でもない娘を責任を取るためだけに娶ろうとするのを阻止するためなら、きっと応じてくれるだろう。

まずはこの問題から片付けよう。


……と思っていたのに。

私の計画は木っ端微塵《こっぱみじん》に粉砕された。

悩んで明け方まで起きてた私を、アンが起こしに来た。

食事をした後、身だしなみを整えましょうと言って髪を梳《す》いてくれ、寝間着からドレスに着替えさせてくれた。

下着も上等なものだが、ドレスも素敵だった。

藤色のドレスは肩に包帯が巻かれているから襟元は大きく開いていたが、下品にならないようにオーガンジーのショールを巻かれた。

ウエストを締め付けるタイプのデザインではなく、胸のすぐ下で切り替えるタイプの部屋着のようなもので、切り替えのところには大きなリボンが飾られていた。

部屋着のようとはいえ、人前に出られる豪華さはある。

着替えが終わると、アンが「フォーンハルト様がいらっしゃいます」と言うので、彼と会わせるためにドレスに着替えたのだろうと思った。

意識が戻ったのなら、寝間着の女性と同席させてはいけないと考えての着替えなのだろうと。

ベッドから出て椅子に座ると、まだ少し痛みを感じたが我慢できないほどではない。

この分なら早々にもう帰れる宣言ができるかもと思った。

「おお、これは美しい」

だが、フォーンハルトが室内に入って来ると、その希望は砕かれたのだ。

「素敵なドレスをありがとうございます」

「痛みはないか?」

「少し。でも動かさなければ大丈夫です」

「そうか、それはよかった」

彼は近づいてくると、椅子に座っていた私を突然抱き上げた。

「な……、何を……！　痛っ」

「動かすと痛むのだろう？　おとなしくしていろ」

私を抱いたまま、彼が部屋を出る。

予《あらかじ》め聞いていたのか、アンは私達を見送るように頭を下げた。

廊下にはテオールが立っていた。彼は私と目が合うと、目を閉じて首を左右に振った。

嫌な予感がする。

「殿下、私をどこへ連れて行くつもりです？」

「傷が心配なのでな、もっとよい医師に診せることにした」

絶対嘘よ。

そうだとしたらテオールがあんな表情をするはずがないわ。

フォーンハルトは私を抱いたまま廊下を進み、玄関ホールへ出た。

吹き抜けをステンドグラスが飾る美しいホールだけれど、そんなものを観賞する暇はない。だって、彼はそのホールすら突き抜けて外へ出たのだもの。

「殿下！」

叫んでも、誰も止めてくれない。彼も止まってくれない。暴れてやりたかったが、痛む肩ではそれもできない。

外には、立派な馬車が待っていた。

私の正体に気づいて送り返してくれるつもり？　いいえ、テオールの態度はもっと悪いことを示していた。

侍従が扉を開け、抱えられたまま中に入る。

広めの馬車の中には大きなクッションが置かれていて、その上にやっと下ろされた。

「座り心地はどうだ？　当たるところはあるか？」

クッションはふかふかだった。でもそういう問題ではない。

「私をどこへ運ぶつもりですか？」

「言っただろう？　もっとよい医療を受けられる場所だ」

「ですから、そこはどこかとお尋ねしているのです」

「一緒の馬車に乗りたいが、私が同席すると休めないだろう。残念だが遠慮してやろう。到着するまでの世話は彼女に任せる」

私の質問には答えず、彼は馬車を降り、代わって若いメイドが入ってきた。

「お嬢様のお世話を申しつかりました、メイシーと申します」

彼女の後ろで扉が閉まる。

その途端、すぐに馬車が動き出した。

「メイシー、私はどこへ連れて行かれるの？」

答えてくることは期待していなかったが、訊かずにはいられなかった。

「私も存じません」

「本当？」

「はい。到着するまでお嬢様のお世話をして、到着したらこの馬車で戻るように、と言われております」

……本当かしら？

でも使用人に当たっても仕方がないし。

「想像はつかない？」

ダメ元で更に訊くと、彼女はちょっと考えてから答えをくれた。

「王都に向かわれるのでは？」

「王都？」

「はい。昨日王都からの使者が来ておりましたから、お戻りになるかと」

王都だなんて、国境から、我が国からどんどん離されてしまう。

「殿下はお嬢様のお怪我を心配してらっしゃったので、きっと王都の医師に診せるつもりなのですわ」

微笑む彼女に悪意も疑いも見えず、本当にそうだと信じているようだった。

最悪……。

テオールと相談する暇もなかった。

きっと彼は反対したのだろう。それでも聞き入れてもらえなかったから、あの表情だったのだわ。

私を王都に連れて行く。

連れてってどうするつもりなの?

まさか婚約を公表するつもりじゃないでしょうね。

「メイシー、あなたは最近国境が騒がしくなったとか聞いていない?」

「いいえ。何も」

「国境を越えて隣国の騎士がやって来たという話は?」

「旅人は来ているかもしれませんが、騎士がという話は聞いておりません」

メイシーは何も知らないようだ。知らないからこそ、正直に答えてくれている。王都へ行くことも教えてくれたもの。

ということは、本当に国境で騒ぎは起きていないのだわ。

森の中で一泊、リラの館で五日眠り続けて今日は六日目。私がいなくなってもう一週間が過ぎているはずなのに何も起こっていない。

国境を越えたことを考えていないのかしら?

「お嬢様。旅は長うございます。もう少しお身体を休める体勢にいたしましょうか」

「……そんなに長いの?」

「急いでも半日はかかりますので、お怪我に障らないように進みますと、到着するのは夜遅くなるかと」

「そう……。それでは横にならせてください」

「はい」

彼女はクッションを動かして私を横にさせてくれた。

考えなければならないことは山ほどあるのに、想定外の状況にもう頭が考えることを拒否していた。

もうどうとでもなれだわ。

出たとこ勝負よ。

でも、テオールだけは味方だと信じておこう。

彼が、フォーンハルトに逆らえない立場だとしても。

メイシーの言葉通り、馬車が目的地に到着したのは夜も遅くなってからだった。

途中、休憩を何度か挟んでくれたが、私が馬車から降ろされることはなかった。

食事は馬車の中に運ばれ、お手洗いはフードにマントで姿を隠し、メイシーに付き添われてこっそりと。

メイシーは気を遣ってくれたけれど、馬車の長旅は怪我人には辛く、到着した時には軽い目眩を覚えていて馬車が停《と》まったことにも気づかなかった。

「ロザリー」

フォーンハルトの声がして目を開ける。

「寝ていたのか?」

「お熱が上がったようです」

ぐったりとした私に代わってメイシーが答える。

「無理をさせたな」

まあ、お優しい言葉ですこと。

そんな言葉をくれるのならもう少しゆっくりとした旅程を組んで欲しかったわ。

「降りるぞ」

「……歩けません」

「歩かないでいい」

馬車に乗せた時と同じように、彼が私を抱き上げる。

連れ出された外には人の気配があった。

何とか目を開けると、暗闇に明かりが灯り、光りの中に人影が浮かぶ。

お城？

王城なの？

暗いから全容が見えない。

「お帰りなさいませ。ご命令通り、百合の間にお部屋をご用意いたしました」

女性の声。

「医師は？」

「部屋でお待ちいただいております」

「ではすぐに呼べ」

「はい」

高い壁が近づいてきて、ぽっかりと開いた入り口から中へ入る。

赤い絨毯《じゅうたん》が敷き詰められた廊下を彼が進む。背後から誰かが付いてくる気配がする。

天井に描かれた唐草の模様が綺麗。

角を曲がると、唐草は星のような点が散りばめられたものに変わる。

ぼんやりと天井だけを見ている間にどんどんと奥へ運ばれ、突然彼の足が止まった。

ドアの開く音がして扉をくぐったのがわかる。

そしてそっとベッドの上に下ろされた。

「しっかりしろすぐに医者が来る」

「喉が……、渇いて……」

「水を持って来い」

「殿下、こちらを」

濡れたタオルが額に当てられる。冷たさが心地よくて、幾分意識がはっきりした。

「しっかりしろ。すぐに医者が来る」

「大丈夫……、少しクラクラしただけだから……」

「我慢をするな」

心配そうに覗き込む顔。

彼の手がそっと私の頬《ほお》に触れる。

「お前は遠慮をしてばかりだ。もっと望むことを口にしろ」

青い瞳がとても綺麗。

自分の長い前髪が零《こぼ》れてもそのままにしているのに、私の顔にかかる髪を丁寧に整えてくれる。

そんなに心配してくれたの？

そうね、あなたは口は悪いけれど本当は優しい人だったものね。気遣いが伝わって、胸が温かくなる。

これなら、ちゃんと話ができるかも。

「殿下、お医者様がいらっしゃいました」

彼の手が離れ、立ち上がって医師に場所を譲る。替わって現れたのは眼鏡をかけた老齢の医師だった。

「長い距離を移動させて熱が上がったようだ。向こうでは毒は抜けていると言われていたんだが」

「では、拝見させていただきます」

ショールを外し、医師がドレスの肩を下ろして包帯をハサミで切って取り外す。

フォーンハルトは傷を見るのが辛いというように唇を嚙《か》み締《し》めて顔を背けた。

医師の指が私の傷に触れる。

痛みが走ったが、声を出さぬようにぐっと堪えた。

「傷が少し化膿《かのう》しているようですな。毒は抜けていると思います。恐らく傷口にあてていた布に雑菌がついてしまったのでしょう」

「すぐに治るものか?」

心配そうな声。

「毎日薬を塗って清潔な布に取り替えれば、お若いのですからすぐに治りますでしょう」

「よかった。私の最初の素人の手当が悪かったのかと。傷の痕は？　綺麗に戻してやれるか？」

「それはご本人の体力次第です。しっかりとお食べになってゆっくり休まれることです」

「そうか……、よかった。彼女の美しい肌に傷が残ることは許せない」

……ん？

「傷が残っても、彼女への愛が変わるわけではないがな」

愛？

「私も殿下のご愛情にお答えできるように、治療に努めさせていただきます。それでは包帯を巻きますので、お身体をこちらに向けてください」

新しい薬を塗られ、包帯を巻かれながら、私は複雑な気持ちになっていた。

フォーンハルトが心配してくれて、ああ本当は優しい人なのだわと感動していたけれど、さっきのセリフで一気に胡散臭くなってきた。

私の美しい肌？

愛が変わらない？

彼が私の手当をしたはずもないし、肌を見られた覚えもない。

何より、変わるどころか彼が私を愛しているとは思えない。

ということはこれは芝居？

「さ、それでは治療は終わりましたので、交替いたしましょう」

今度は医師が立ってフォーンハルトが戻る。

彼は枕元に跪《ひざまず》き、私の手を取って強く握った。

「ロザリー。今夜はずっと側にいよう。だから安心しろ」

熱い眼差しを向けられ、私の心はキンキンに冷えてしまった。

何言ってるの、この人。

「お前達は下がっていい。暫く二人きりにさせろ」

「かしこまりました」

見えない遠くから返事が聞こえ、人々が去ってゆく音がする。

やがて扉が閉まると、彼はパッと手を離した。

「……何のお芝居ですか？」

彼は一旦離れて椅子を持って戻ってくると、枕元で座った。

もうその顔には心配も愛情も見えない。見慣れてきた横柄で意地悪そうな顔だ。

「ほう、芝居と気づいたか」

「私は殿下に愛された覚えがございませんので」

「お前はものごとをわきまえる娘だな。私に愛されていると誤解してその気になってくれてもよかったのに」

「ご冗談を」

「意識ははっきりしているか？」

「ええ。もうすっかり」

強がりではない。

薬を塗って布を替えてもらってから、熱を持っていた傷口が落ち着いてきたのだ。

「それで、そのお芝居の真意は何なのですか？」

「真意？　もちろん、お前を妻にするためだ」

「どうして私なのです。私は身分もない、通りすがりの娘なのに」

もしかして私がファンザムの王女だと知っているの？

「お前が何者でもない娘だからだ」

彼は急に真面目な顔付きになった。

「ロザリーはテオールから私の周辺事情を聞いたな？」

「……ええ」

ここは隠しても仕方がないので素直に認める。

「義母上《ははうえ》は何があっても弟を王にしたいと思っている。弟がよき王になるのならそれでもいいだろう。だがそうではない。弟は浪費が著しく悪い連中とも付き合いがある」

「王には相応しくないわね」

「ああ。あれがなるならまだ俺がなった方がマシだ。決定的に弟のベオハルトが王に相応しくないという証拠を掴《つか》みたい。そして義母上が政治に口出しができないように権力を削《そ》ぎたい」

「どうぞご勝手に」

「だが俺は監視されている。恐らくな。だから休暇中の狩りの最中にまで刺客がきた」

彼が殺されそうだったということを思い出し、私も気を引き締めた。これは本当に真面目な話をしているのだわ。

「どうしても自由になる時間が欲しいが、生半可な理由では警戒を解いてもらえない。そこで考えたのが、色ボケになることだ」

「色ボケ……？」

「恋に惑って愛《いと》しい人の部屋に入り浸る」

何か……、わかってきたわ。

「察した顔をしてる。頭がいいな」

「怪我をした私を見舞うフリをしてここから抜け出したいのね？」

「その通り」

彼はパン、と手を叩《たた》いた。

「でもそれならちゃんとした婚約者を選んだ方がよろしいのでは？　未来の王妃様ならきっと喜んで協力してくださると思いますわ」

「残念ながら、俺の力不足で相手側の勢力を完全には把握できていない。つまり、誰が味方で誰が敵だかわからない。お前の言う『ちゃんとした婚約者』は貴族の令嬢だろう？　簡単には信用ができない。もしかしたら裏で弟と繋がっているかもしれない。信用どころか、ヘタをすれば寝首をかかれるかも」

　物騒な話だけれど、一度襲撃を受けた身とすれば絵空事ではないだろう。

「そんな時に現れたのがお前だ。貴族ではなく、俺が誰だかも知らず、なのに命を助けてくれた。頭も良く察しもいい。オマケにすごい美人だ」

　彼は目を合わせてにこっと笑った。

　不本意ながらちょっとドキッとしてしまう。顔はいいのよね、顔は。

「身元不明の人間の方が信用できるとは皮肉なものですわね」

　少しときめいたことを隠すために、厭味っぽく言ったのに、彼は否定をしなかった。

「そうだな。部外者でないと信用はできないというのは困ったものだ。ロザリーには命を助けてもらった。俺のために命を投げ出すなんてバカだなと思ったが、そのバカなところが可愛《かわい》い」

　また『バカ』って。

「助けてもらってバカと言うのは非礼だと申し上げたはずですが？」

「助けてもらってもバカはバカだ。だが今はそれはおいておこう。俺はお前に惚《ほ》れた」

ということにしたいのね。

「貴族ではない女性との婚約は許されないだろうが、命の恩人ならば問題ない」

そうかしら？

「反対されることもあるかもしれないが、その分時間が稼げる。すぐに認められてもお誂《あつら》え向きに、お前は怪我をしてすぐには結婚はできない。療養期間が必要だ。それに教養を仕込む時間ももらえる」

「つまり、殿下が自由に動き回る時間を作るために、私に婚約者のフリをして欲しい、ということですのね？」

「もちろん、お前を愛しているから結婚してもいい」

「私は嫌です」

「王子のプロポーズを断るのか？」

「私は結婚するなら……」

「恋愛してから、か？」

「少なくとも、相手をよく知ってからにしたいですわ」

「では私の近くで私を見ていればいい」

「よく見てやっぱり嫌だったら？」

「王子でこんなにかっこいい男だぞ？」

そうかも知れないけれど、自分で言うものかしら？

睨みつけると、彼は立ち上がって部屋の隅のビューローからペンとインク、それに紙を持って戻ってきた。

「お前が俺を庇《かば》って怪我をしたのは事実だ。私の使える権力の全てを使ってでも、綺麗な身体に戻してやろう。そして俺の目的が達成された時にまだお前が俺に恋をしていなかったら、十分な報酬を与えて自由にしてやろう」

「信用できないわ」

「そう言うだろうと思ったから、誓約書を書いてやる」

持ってきたペンや紙を枕元に置いて、彼が私に覆《おお》いかぶさる。

「何するの！」

「暴れるな。痛みがないなら身体を起こせるか？」

彼はそっと私を抱き起こし、背中に枕を突っ込んだ。更にベッド用のテーブルを持ってきて私の上に据えてからその上に紙とペンを揃えた。

まず自分がペンを取り、サラサラと紙に書き始める。

「『私クレスタの第一王子フォーンハルト・ラミアス・バイアはロザリー……』お前、下の名前は？」

「え？　あの……ル……ルベスよ」

「ルベス、な。『ロザリー・ルベスの望むことを全て叶《かな》えることを誓う。ただし、願いを聞き入れるのは弟ベオハルトが王位継承権を剝奪《はくだつ》された後とする』さ、ここにお前のサインを」

「条件が不公平ですわ」

「不公平？」

「でなければ理不尽と言い直します。弟君が継承権を剝奪されるのは何年後ですの？　いいえ、それどころか剝奪されなかったら？」

「その時は処刑かもな」

「処刑？　まさか」

「俺は弟の悪事の証拠を探している。それが失敗したら何らかの罪を着せられてこっちが継承権剝奪だ」

「そうなったら婚約者の私も無事とはいかないのではありませんか？」

「安心しろ、その時は何もやれるものはないが、逃がしてはやると約束する」

「どうやってですか？」

「貴族でも何でもないお前に、連中が価値を見いだすとは思えない。実は金で雇われたといえば放逐《ほうちく》されて終わりだろう。後はテオールに任せるから、あいつに逃がしてもらえばいい」

「テオール様は無事で済むのですか？」

「俺が何にも気づかず彼を逃がすこともできないような無能だと思うか？」

「……いいえ。殿下はきっと優秀でいらっしゃるでしょう。けれど、どちらの結果になる
かはわかりませんが、それが十年先では困ります」

「二年以内にはカタをつけるつもりだ」

二年。

そんなに戻れないの？

「二年は長いですわ」

「では協力しろ。お前が協力してくれれば、その期間が一年にも一カ月にもなるだろう」

「私に何をしろ、と？」

「そうだな、女性の噂話《うわさばなし》でも集めてくれ。知りたいのは、王妃達の金の出所だ。彼等が刺
客を雇う金を国庫に申請したとは思えないからな。そしてその金は絶対にまともなルート
では入ってこなかっただろう」

「そんな重大な任務を私のような得体の知れない娘に任せるのですか？」

私の言葉に、彼はにやりと笑った。

「お前はとても頭がいい。それに度胸もある。きっと上手くやり遂げるだろう。俺が一目《ひとめ》惚《ぼ》れするくらいの女性なのだからな」

そうやっておだてれば言いくるめられると思ってるのね。

でも、たとえ他国のことと言えど不正を働く者を見逃すことはできないし、そんな者が王になって民を苦しめる姿も見たくない。隣国の情勢の悪さは我が国にも影響のあることだから。

「わかりました。ではサインします」

彼からペンを受け取り、私は『ロザリー・ルベス』とサインを入れた。

「いいだろう。決して他人には見られるなよ。後で容《い》れ物《もの》を贈ってやろう。それにしても、お前は字が綺麗だな」

私のサインをしげしげと見て、彼は褒めてくれた。字の綺麗さにはちょっと自信があったので嬉しい。

「よかったら代筆を頼めないか？」

「代筆？」

「私的なものだが俺の筆跡ではない方がいいんだ。書いてくれたら、明日には山ほどの菓子を差し入れてやろう」

「別にお菓子などいただかなくても代筆くらいしますわ」

お菓子は魅力的だけれど。

「では頼む」

私がペンを持つと、彼は口述を始めた。

「『カタリナ嬢、先日は簡単な手紙で失礼いたしました。前の手紙に書いたことは真実です。私はもうそちらへは戻りません。どうか私の恋を温かく見守ってください。また近いうちに連絡を差し上げますので、それまではこのことは内密にお願いいたします』」

「……これは前の恋人へのお手紙ですか？」

「まあそんなようなものだ。サインは私が入れるから、そのままくれ」

書き上げた紙を渡すと、彼はそれをすぐに上着のポケットへしまった。

「さて、今夜はもう疲れただろうから俺もこれで退室しよう。明日また来る」

「この部屋を通路になさるだけでしょう？」

「そうむくれるな。ちゃんとお前の顔も見にくるさ」

むくれてなんかいないのに。

本当に適当なことばかり。

彼は立ち上がると扉を開け、外に待機していた女性を招き入れた。

歳は私よりかなり上のようだが、その落ち着いた美しい女性を私の傍らまで連れてきて紹介した。

「アーセン夫人だ。これからここでお前の世話をしてくれる。私の母の侍女だった女性だからお前の侍女には相応しいだろう」

「初めまして、シャルマ・アーセンと申します。これからロザリー様のお世話をさせていただきますので、よろしくお願いいたします」

元王妃の侍女ならば、どこの馬の骨ともわからぬ娘の世話をするのは嫌だろうが、彼女は穏やかな笑みを浮かべて頭を下げた。

「では後は頼んだぞ」

「はい、殿下」

彼が出て行くと、アーセン夫人はメイドを呼び入れ、私の着替えを手伝ってくれた。

「お医者様が、今夜は湯浴《ゆあ》みは遠慮するようにとのことでしたので、このままお休みください。全ては整っておりますので、どうかお心安くお過ごしください」

そして、長い一日がようやく終わった。


傷のせいか、馬車での長旅のせいか、翌日は昼近くまでぐっすりと眠ってしまった。

アーセン夫人は私を無理に起こそうとはせず、私が目覚めるまでずっと待っていてくれたようだ。

「殿下から、起きるまでそっとしておくように、と言われておりましたから」

とは言われたけれど、恥ずかしかった。こんなに眠ってしまうなんて。

すぐに起きようとしたのだが、夫人に止められた。

「本日は休養を取られるようにとの殿下のご命令です。退屈ではございましょうが、ベッドでお過ごしください。後程本などお持ちいたしますので」

遅い食事をベッドでいただき、夫人の持ってきた本を読んで過ごしていると、午後にはフォーンハルトがテオールを伴ってやって来た。

「具合はどうだ？　ロザリー」

昨日ははっきり見られなかったが、改めて見ると彼はまさしく『王子様』だった。

深いグリーンの上着を纏《まと》い、白いズボンの脚は長く、スタイルは抜群。金髪の長い前髪の下から覗く顔は通った鼻梁《びりょう》、深い青の瞳、肉の薄い唇、その全てが整っている。

眦《まなじり》が上がっているせいか、顔立ち全体ではきつい印象があるが、口元がいつも微笑んでいるので冷たくは見えない。

「熱は下がったようだな。今日は約束のものを持ってきた」

そう言って、彼はカギのかかる小さな箱をくれた。昨日の誓約書を入れる箱ね。

それからテーブルに乗り切らないほどのお菓子を運び入れた。

「今日は夕方までお前の側にいられるから、ゆっくり話そう」

菓子を運んできたメイドがいる間、彼は私の枕元でにこにことしていた。あまつさえ、私の手まで握ってきた。

けれど彼女達が出て行ってしまうと、あっさりとその手を離して立ち上がった。

「行くぞ、テオール」

二人揃って上着を脱ぎ捨て、説明もなく窓から庭へ出て行く。

部屋に残ったアーセン夫人は当然のような顔をして、彼等の上着を片付けていた。

「……夫人は、今回のことをご存じなのですか?

あまりにも平然としているので尋ねると、彼女はにっこりと笑った。

「どうぞ殿下との楽しい時間をお過ごしくださいませ。私もそちらでお茶をいただいておりますわ」

普通、侍女は主の前で勝手にお茶をいただくなんてことはしない。

沢山の菓子は、私一人では食べきれないだろう。

フォーンハルトは出て行ってしまったのに、『殿下と楽しい時間を』なんてセリフはおかしい。

つまり、彼女は全てを知っていて、グルなのだ。

私とフォーンハルトの関係について知っているのかどうかは謎だけれど、すくなくとも彼が私を利用していることは知っている。

だから侍女なのにお菓子を食べるのだ。

私一人ではあの量を食べ切ることはできない。でもお菓子が食べ切られていれば、フォーンハルトがここにいて、私と一緒にお菓子を食べたということになる。

彼女は彼がここにいたという証人でもある。だから『殿下と楽しい時間を』なんてセリフが出てくるのだ。

アーセン夫人は前王妃の侍女。今の王妃がよい王妃でないのなら、苦々しい思いでそれを見ているだろう。

そして自分が仕えた第一王子を差し置いて後妻の息子が悪事をなしてまで王位を簒奪《さんだつ》すると知ったらはらわたが煮え繰り返るに違いない。

彼にとって、これ以上の協力者はいない、ということね。

「……私にもお茶をお願い。どうぞこちらへ来て、私の話し相手になってください」

「かしこまりました」

「彼から私のことは何と？」

「ロザリー様は殿下の愛する方なので、親身になってお世話するようにと」

……愛する。

微妙だわ、本当にその言葉を信じているのか、そうではないと知っているけれどその設定を守っているだけなのか。

　穏やかな微笑みを浮かべるその顔からは窺《うかが》い知れない。

「私、フォーンハルト様のことをあまりよく知らないのです。よろしかったら教えてください」

「さようでございますね。婚約者たるもの、愛する殿方のあれやこれやはご存じの方がよろしいでしょう」

　夫人は、滔々《とうとう》と彼とこの国について語ってくれた。

　この国の王レオハルトと前の王妃エリーナ、つまりフォーンハルトの母親は恋愛結婚だった。王妃の実家は公爵家だったので、文句のつけようもない結婚だった。

　長らく子供ができなかったが、夫婦仲はよく、王が跡継ぎのために愛妾《あいしょう》を作るということもなかった。

　王は少し気弱なところもあったが、王妃はそれは聡明《そうめい》で、美しく、お優しい方だったので、王を支えて上手くやっていた。

　王妃像については、彼女が王妃付きの侍女だったということを思うと少し割り引くべきかも知れないが、大体は事実だろう。

　しかし、ようやく授かったフォーンハルトを産んだ後、王妃は産後の肥立ちが悪く、亡くなってしまった。

その時の王の嘆きは大きく、孤独に苛《さいな》まれている時にお手付きになったのが今の王妃、ナタリアだった。

伯爵令嬢でしかなかったナタリアだが、王子を出産したことで彼女は王妃として迎えられた。

気が強く派手好きなナタリアは、最初の頃こそ後ろ盾もなくおとなしくしていたが、着々と勢力を付け、内政にも口を出し始めた。

母親の気質を継いだのか、第二王子のベオハルトも、王子としての務めよりも先に王族としての贅沢《ぜいたく》を覚え、とてもではないが王の器ではない。

しかし、フォーンハルトは違った。

幼い頃から母親の実家である公爵家が彼の教育を怠らず、立派な王子に育った。

文武両道、剣の腕も騎士以上であり、勉学は学者も舌を巻くほど。

ただ、少しやんちゃが過ぎて、城を抜け出してはお忍びで街に出掛けることが多いのが玉《たま》に瑕《きず》だろう。

しかしそのお陰で、民の生活にも詳しく、人民に心を砕くことを忘れない。きっとよき王になるだろうとのことだった。

「弟君との仲はあまりよろしくないようね？」

と訊くと、彼女は一瞬だけ表情を曇らせた。

「あちらに歩み寄る気がないのですから、仕方のないことですわ。第二王子で能力にも欠けているというのに、王位を狙うなんて。ただ陛下はエリーナ様を愛していらっしゃいましたから、継承権だけは絶対に譲りませんでした。あの牝狐《めぎつね》がどんなに画策しても無駄でしょう」

なるほど、だから実力行使に出たわけね。

「現在、王城内ではそれぞれの王子を推す者がおりますが、もちろん優位なのはフォーンハルト派でございます。ただ、最近新興貴族の間にベオハルト派が増えてきているのが謎なのです」

「謎？」

「正統なお世継ぎで、王の信任も厚いフォーンハルト様ではなく、継承権も二番目の才能のない王子を推す理由を考えつかれます？」

「そうね。今のままでは古参の貴族が邪魔で上にはあがれないけれど、その人達を排除できれば自分達が上にいける、と考えてるのかしら？　フォーンハルト派は古参の貴族が多いのでしょう？」

「勢力図の塗り替え、ということは考えられますが、今はまだその利権は少ないと思います。なのに彼等はナタリア妃に擦り寄っている」

「王妃が既に彼等に利権を与えているのでは？」

「彼女の実家は伯爵家、大して裕福でもありませんし、国庫のお金は管理が行き届いております。政治的な利権もまた、王が管理されているはずです」

利益がないのに、人が集まる。

それは不思議ね。

「アーセン夫人は社交界にはお強いのですか？」

「いいえ、私はもう。王妃様が亡くなられてからは夫の領地で暮らしておりました。この度殿下からのお声がかかったことはこの上ない喜びでございます」

ということは現在の社交界については詳しくない、ということね。それならば彼女の知らないところで何かが起きている可能性はある。

……にしても、私が偽物の婚約者だということを彼女が知らない可能性は大きくなったわ。だって、こんなことまで私に話してしまうのだから。

「ロザリー様のお怪我が治られましたら、殿下とお二人で遠乗りにお出掛けになるとよろしいですわ。馬上の殿下はそれはとても凛々《りり》しいですから。ロザリー様、乗馬はおできになります？」

「ええ、まあ、一応」

「それはようございます。ダンスはおできになりまして？」

「ええ、一応……」

「殿下はダンスもお上手ですのよ。でもまずはお怪我を治されることでございますわね」

王女としての教育は完璧だと自負している。やることをやらなければ自由にはさせてもらえなかったから。

でもここでその完璧さを自慢はできない。私はメイドなのだから。

「私、お料理も得意ですわ」

メイドっぽさを出すためにそう言うと、彼女は少し顔をしかめた。

「それは発揮する機会はございませんね」


それからの毎日は、優雅といえば優雅、退屈といえば退屈なものだった。

朝から晩までメイドが私の世話をし、食事も部屋まで届けられる。話し相手はアーセン夫人だけ。

医師は一日置きに訪れて、怪我は順調に回復に向かっていると言ってくれるけれど、ベッドから出ても部屋からは出られない。

部屋着もドレスも新しいものが届けられ、お菓子も花も届く。何《いず》れも最高級品。

フォーンハルトは毎日私の見舞いに訪れ……、るようなフリをして外へ出掛けて行く。

でも私にすることはない。

夫人に頼んで本を届けてもらって読むのが精一杯。

それとなく隣国ファンザムの様子を訊いてみたが、未《いま》だ騒ぎは起きていないようだ。

十番目ともなると、いなくなっても問題にされないのかしら？　それとも、後見人のグラハム侯爵が預かっていた王女がいなくなったことを隠している？

真面目な人だから自分の失態を隠すということは考え辛いんだけど、真面目だから自分の手で解決したいとは考えるかもしれない。

どっちにしろ王女の私が他国の人間に怪我を負わされ、攫《さら》われるようにこんなところへ連れてこられた、なんて知られたら国際問題だから騒ぎにならない方がいいのだけれど。

そうしているある夜、夕食が済んだ後にフォーンハルトが部屋を訪れた。

「どうだ？　下にも置かれぬ扱いの日々は？」

彼の背後にはテオールが付いて来ていたが、無言のまま部屋の隅に移動した。

フォーンハルトは枕元の椅子に腰掛ける。

「退屈ですわ」

「退屈か」

「することがないのですもの」

「本を読んでると聞いたが？」

「読書しか許されていないからですわ」

「では今晩は俺の話し相手にでもなるか?」

「面白いお話でもしてくださるのですか?」

「それは受け取り手次第だな」

遠くでテオールが不安げな顔をしている。

何を話すのか、彼は知らないようだ。

「アーセン夫人から国内情勢の説明を受けたようだな?」

「ええ。私ごときが聞くには十分過ぎるほど。あれは殿下が指示なさったのですか?」

「そうだ。何も知らないままでは困るからな」

「どうして困るのです?」

「未来の王妃なのだから当然だろう」

またテオールの顔が曇った。彼はこの婚約には反対なのだと思うと安心する。

でも彼はフォーンハルトが本当に私と結婚したがっている、とは思ってるみたいね。

「新興貴族が王妃に集まる理由は何だと思う?」

「それを私に訊くのですか?」

「話をしていれば俺が気づくこともあるかもしれない。一人で考えるより話し相手がいた方がいい」

その考えはわかるわ。でもそれならテオールを相手にした方がいいのに。

「考え方も立場も違う人間が相手の方が、斬新な考えを聞けるかもしれないしな」

まるで私の考えを読んだかのように彼が言った。

「そう言われても、私には情報が少なすぎて何も考えられませんわ」

「どんな情報が欲しい？」

「そうね……、例えば王妃様はサロンをひんぱんに開いているか、とか」

「そりゃ開くだろう。女だから」

「女性だと開いて当たり前？」

「女性は集まって話すのが好きだからな」

「殿方はそういう考え方なのね。そこで何が話されていると思ってらっしゃる？」

「何って……、ドレスの流行とか、新しい宝石とかパーティの話とか？」

「自分の夫や父親の仕事の話とか」

「まあ、そういうことも話すかもな」

彼が平然と認めたので、私はため息をついた。

「殿下の手札に女性が少ないのだということがわかりました」

「どういうことだ？」

「残念ながら、女性の口はさほど重たいものではありません。自分の欲求に関してもすぐに人に話してしまうでしょう。たとえばここに夫の浮気に悩んでる女性がいらっしゃるとします。この女性の夫は国庫の管理を任されているとします。サロンでその悩みを聞いた王妃様がそれをスキャンダルとして夫に脅しをかけるとか、浮気相手を脅して夫を自由に操るように命じるなんてこともできるでしょう」

「ほう」

彼は興味深そうな顔をした。

「最近夫の元に訪れる客人の名前を喋ってしまえば、密会もすぐに王妃様に知られるでしょうね」

「女の口、か」

「それに、サロンを頻繁に開くとなればそのお金も結構な額になると思いますわ。そのお金はどこから出るのでしょう？　国庫の出納《すいとう》は管理されていて無駄遣いはできないと思われるのに」

「彼等の金の出所は謎のままだ。実家の伯爵家もさほど裕福にはなっていない」

「身内に重職を回しているとかは？」

「ないな。役職は議会で決定する。王が不在なら王妃が議会を動かすこともできるかもしれないが、俺もいる」

「でしたら、どこか別に王妃様から『いつか』もらえる利益を担保にお金を出している方がいらっしゃるのかもしれませんわね」

「ベオハルトが王位を継げば利益を得る人間で、金持ち、か」

「もっと積極的な方かも」

「積極的？」

「自分の利益を得るために、弟君を王位につかせようとしている人間です。だとすると、王妃様と弟君はその人物に操られている可能性も」

「面白い考えだ」

彼は後ろを振り向いた。

「どうだテオール。彼女との話し合いは無駄ではないようだぞ」

私との話し合いなど時間の無駄、と言ってたのね。

「それぐらいのことは考えて調べております」

「だが彼女の想像している人物は調べた者とは違うかもしれないぞ？　ロザリー、お前の想像する人物はどのような人物だ？」

と言われても……。

「殿下の想像する人物はどのような方なのですか？　先にそちらを教えてください」

「新興貴族で、扱いに不満があり、金銭的に裕福。新興でも古参でも、王が嫌いか第一王子派の有力者が嫌い。王妃に傾倒している。ベオハルトを操り易い王になるとねらっている。そんなところかな？」

それを聞いて、彼の考え方の欠点に気づいた。

「他の国の話ですが、金銭を持つ者は貴族でなくとも力を持つ者もいます。そういう人物と上手く付き合う方法を探すのが難しいとか」

他の国、とは我が国のことだ。

地方領主が特産品の独占をしたり、商人が儲《もう》け過ぎたり、渡し守が対価を勝手に上げたり。そういうことにいち早く気づいて管理しなければならないのだと習った。

「市民の中に支援者が？」

「可能性は捨てない方がいいと思います」

「だとすると一番疑わしいのは商人か。だが王妃の下には幾人もの商人が日参している。特定の贔屓《ひいき》がいないからこそ、今まで考えていなかった」

「では余程用意周到なのでしょう。目を付けられないように注意しているのかと」

「思っているより狡猾《こうかつ》な人物、か。うん、面白い着眼点だ。やはりロザリーは私の王妃に相応しいな」

「またそのようなことを。私にはその気はございませんのに」

笑いながらやんわり断りを入れると、テオールは頷いていたが、フォーンハルトは無視した。

「出入りの商人に警戒するとしたら、何に注意すればいい？」

「そこまでは……。王妃様に贈り物をしてるとか、縁故とか？」

「ありがちだな」

「何から何まで殿下の範疇《はんちゅう》外の答えを用意しているわけではありませんわ。突然の質問ですし」

「それもそうか。では予告をしておこう。明日は貧しい地域に対してお前ならどう対策するか、だ」

「は？」

「では、また明日」

「ただのメイドにそんな質問をされても……！」

「考えつかなかったら考えつかなかったという答えでいいさ。だがお前は頭がいいからきっと某《なにがし》かの答えを用意してくれるだろう。楽しみにしているぞ。さ、テオール戻ろうか」

「……はい」

テオールは申し訳ないという顔で私を見た。

だがやはり何も言えないまま、フォーンハルトに続いて部屋を出て行った。

テオールの考えていることはよくわかるわ。

私にその気がないから黙認しているけれど、自分の主は本気で平民の娘を娶るつもりなのだろうか、と悩んでいるのでしょう。

本気か冗談かわからないから強く反対することはできない。いえ、私の見ていないところでは強く反対しているのかもしれないけれど、聞き入れてもらえないのかも。

仕方がないから静観する。でも何かおかしな行動をしないように監視はする。

まあそう言ったところだろう。

けれどフォーンハルトの考えはわからなかった。

私を愛しているというのが本気だとは思えない。ひょっとしたら、意に添わぬ婚約を迫られて、私という虫よけが必要なのかも。

貴族の女性では偽物であっても相手がその気になってしまったら結婚しないわけにはいかないが、私ならば『やっぱり身分が違った』で終われるもの。

贈り物や会いに来ることは、偽物とバレないためだというのはわかる。でも、今みたいに私に意見を求める理由は謎だ。

まさか、本気で私に王妃教育をしてるわけではないだろう。それなら家庭教師などを送り込んでくるはずだもの。

虫よけの娘をからかって楽しんでる、そのくらいかしら？

本当にわからない人だわ。

私はため息をつき、ベッドに潜り込んだ。

考えても無駄なことは考えなくてもいいわ。

明日は貧しい地域に対してどう対策するかを訊くですって？　そんなことメイドに答えられると本気で思ってるのかしら？

むしろ答えられないことを期待しているのかも。今日のことにしても答えられずにおろおろする姿を見たかったとか？

だとすると何も答えられないのはちょっとシャクだわ。

『考えつかなかったら考えつかなかったという答えでいいさ』

彼の勝ち誇ったような顔が目に浮かぶ。

『やっぱりダメだったか。そうだと思った』

それは何か腹が立つわ。

「……少し、考えてみようかしら？」

あの男を驚かせる程度には、答えを用意した方がいいかもしれない。

自分の矜持《きょうじ》のために。


翌日、同じように昼間は部屋を通過して行ったフォーンハルトが、改めて夕食後に訪れた。もちろんテオールを伴って。

私はベッドの上に座ったままで彼の相手をした。

話題は予告通り、貧しい地域に対してどう対策するかだ。

私はまず当たり障りのない答えを口にした。

施しをする。減税をする。

すると彼はあからさまに幻滅した顔を見せた。

「一時的な施しに意味はない。減税をして国が貧しくなれば結果として彼等にとってよいことではないだろう。その程度のアイデアならジジイ共から嫌というほど聞かされてる」

やっぱり無理だったか、という顔をされてムッとした。

「一般的な考えを述べただけですわ」

「俺は一般的ではなくお前の考えが聞きたかったんだがな」

「でしたら学校を作ればいいと思いますわ」

「学校？　悪くはないが、そういう連中の子供は皆仕事をしている。学校へ通う暇はないだろうな」

「学校へ行くことで給金が出ればいいのです」

道を作る、建物を作る、そういう国の仕事を作ってそこで働かせ、働いた後には文字や数学の授業を受けさせる。

高等な学問ではなくてもいい。文字が読めて算術ができるようになれば、選べる仕事の種類も増えるだろう。

そうしてから、もっと稼ぎのよい仕事を与えればよいのだ。

貧しいのは働けないからなら、働く場所を作ればいい。

貧しい地域を少しずつ美しい街に立て直せばいい。一気に全てを手掛けると元々住んでいた者が住む場所を失うから、彼等の居場所を確保しながら開発するのだ。

そして新しく作った街に、もとの住人を戻し、新しい仕事を与える。

その時にはもう彼等はある程度の知識を得ているはずだから、きっと商売ができるようになっているだろう。

「その人達の仕事が順調になれば、国の税収が上がります。学校も街の開発も先行投資と考えれば国がお金を出しても損にはならないでしょう」

これならどう？　と彼を見ると、嬉しそうな笑みを浮かべていた。

慈しむような優しい笑顔にドキリとする。

「及第点だな。いい案だが時間がかかり過ぎる」

自分では満点と思った答えを否定されて、溢《あふ》れかけた甘酸っぱい気持ちが消えた。

「ではフォーンハルト様ならどう致しますの？」

「彼等に必要なのは仕事よりも希望だ。自分達の立場からでも上を目指せるという夢を持たせるべきだ。優秀な人材は貴族以外にもいるだろう。そういう者を登用したい。今ある貴族しか入れない学校に平民枠を作る。そして優秀ならば役人として雇う。出自には関係なく」

「貴族と一緒では軋轢《あつれき》が生まれるのでは？　学費だって出せない者ばかりでしょう」

「試験は厳しいものにするし、学費は奨学金を出す」

「それなら新しく学校を作った方が……」

「だがお前の考えた学校では、学校を作る場所、教師の用意に時間がかかる。仕事終わりにというのなら、仕事をする場所の近くに学校を建てなければならないだろう？　仕事場と学校、その両方を用意できる場所はなかなか難しいだろうな」

それはそうかも。建物だけではない、平民を教えようと考えてくれる教師を集めるのも難しいかもしれない。

「だが悪い案ではない。同時平行で考えてみるべきだろう。それで、仕事とは何を考えていた？」

「治水や道路でしょうね。力仕事がメインですから、教育のない人にも働き口ができます。それに完成すれば国のためになりますもの」

「用地の買収が難しいな」

「あら、そんなの。最初の数年は通行税を取ることを許可すればいいんですわ。放っておいてもお金は入らないけれど、協力すればお金が手に入る上、工事が終わればその土地事態が豊かになるとわかればきっと土地を提供してくれるでしょう」

「ただ道が出来るだけでは通行税など意味はない。街の発展は道が出来た後のことだ。しかも確約されたものでもない」

「それなら人が沢山通る場所に道を通せばいいのですわ」

「そういうところには既に道があるな」

ついつい引き込まれ、私は彼と問答を繰り返した。

田舎の古城で学問を積んでも、それを吐き出す場所はなかった。こういうのはどうかしら、と考えついても、それを聞いてくれる人はいなかった。

私にそういうことは求められていなかったから。

だから今、彼に『お前の意見は？　考えは？』と訊かれることが嬉しかった。

それに、彼の考えが自分の足りない部分を的確に埋めていくのが楽しかった。そういう考え方もあるのね、そこには気づかなかったわ、と。

フォーンハルトは、アーセン夫人の言う通り真面目で勤勉な王子だった。……いえ、そういう一面もあったと言うべきね。

彼はただ王位を奪われないために動いていたわけではなく、同時に民のことを考えて出来ることを探していた。

テオールが時間だと言うので、私達はさまざまなことを語り合った。

「時間がなくて残念だな。明日は昼もお前と話をすることにしよう」

「今度はどんな無理難題を？」

「そうだな。後で地図を届けさせる。道を通す場所を考えてみろ」

そうして、彼が退出した後、本当に地図が届けられた。

翌日はいつものように昼食後に訪れたけれど、窓から出て行くことはなく、私とお茶をしながら昨晩の続きを話し合った。

「隣国のファンザムは豊かな国だ。できればもっと親交を深めたいのだが、あちらはあまり乗り気ではないようだ」

「まあ、どうしてですの？」

「恐らく、継承問題のことを知っているのだろう。今の王と国交を深めても代替わりでその盟約が覆されては困る。かといって、次代の王は俺かベオハルトかわからない。今どちらかを選んで、違う者が王になったら、盟約の破棄どころか敵対する者に協力したと言われて戦争を仕掛けられるかもしれない。ファンザムの決定は継承権の決定の後になるだろうな」

お父様も慎重なのね。

「今もそれなりに交流はあるのでしょう？」

「それなり、だ。我が国は北に山が多く鉱山が主産業だが、山地が多いせいで農産物の収穫はよいとはいえない。気候的にも仕方のないことだ」

「北は冬には雪がすごいのですよね？」

「村が閉ざされることもある。だから、農産物が豊富なファンザムとの交流は急務なのだが、父上もベオハルトも他国に頼ることは恥だと思っている」

「陛下もなのですか？」

「恐らく王妃の入れ知恵だろう」

「どうして王妃様が？」

「継承者問題に口を出されたくないからだ。他国の者であれば、王が決めた後継者こそ正統と言うだろう。そしてファンザムが俺に肩入れしたら自分達は負ける。それを避けたいのだ」

「それなら殿下からファンザムに、後見してくださるなら国交をと親書を送れば……」

フォーンハルトは急に厳しい顔になった。

怖いくらい真剣な顔だ。

「絶対にしない」

きっぱりとした一言は、怒っているのではなく宣言するような強さがあった。

「他国の力を借りて王になったとは言わせない」

それは王としての自尊心なのだろう。

他人の力を借りて王の座について何になるのか。己の力を認められてこそだという。私の言葉はその彼の決意を傷付けたのだ。

「……失礼なことを言いました」

私は素直に自分の言葉を謝罪した。

「いや、いい。謝罪するということは私の意図を汲《く》んだということだろう。わかってくれればいい」

彼はすぐに笑みを浮かべ、話題を変えた。

「それでは道路を通す計画予定地の候補を聞こうか」

気まずい思いをしたのはその一瞬だけで、後はまた軽快な討論となる。

フォーンハルトは、王の子供だから自分が王になると思っているのではないのだわ。

正しい道を進み、王たる力を持って王になりたいのだ。

性格はあまりいいとは言えないけれど、その王子としての矜持には心惹《ひ》かれた。

夕食の前に彼は帰っていったが、翌日も来ると約束していった。

明日もまた彼が来る、と聞かされた時はその時を楽しみにしている自分に気づいた。

実りのある話し相手ができた。そのことが嬉しかったのだと思う。

実際、その後も彼は色っぽい話をすることも口説いてくることもなかったし、私もそんなことは望んでいなかった。

ただ二人で語らうことだけが楽しい。……テオールも同席はしていたけど。

そしてそんな日々が数日続いた後、それは突然届けられた。

いつかは来るのでは、と、ある意味予想していたものが。


「……ドレス？」

朝食の後、アーセン夫人がいる時に、いつもとは違うメイド達の来訪があった。

彼女達は説明のないまま、恭しく運んできたリボンのついた大きな箱をお届け物だと言って置いていった。

夫人と二人で首を捻《ひね》り、箱を開けてみると、中には素敵なドレスが入っていた。

「フォーンハルト様からの贈り物ですわ、きっと」

確かに今までも彼からドレスを贈られたことはあった。

けれどそれらは普段着というか、部屋で過ごすための動きやすいものばかりだった。それに比べると、箱の中身のドレスはどう見ても夜会用だ。

レースもふんだんに使ってあるし、ビーズも縫い付けられている。ちょっと派手過ぎて私の好みではなかった。

「これ……、殿下の贈り物ではない気がするわ」

ドレスを広げてすぐに私は言った。

「どうしてですか？　お嬢様にドレスを贈られる方は殿下しかいらっしゃらないではありませんか？」

「でも見て、アーセン夫人。このドレスは夜会用に肩の出るものになっているわ。私の怪我を知っているフォーンハルト様がこのようなデザインを贈るとは思えないの」

しかも趣味が違う。

彼が着ている服はいつも彼に似合った素敵なものだったが派手さはなかった。今まで贈られたものも、若々しい色使いではあっても落ち着いた雰囲気のものが多かった。

今回のものとは違う。

「ではどなたが？」

「わからないわ。今日も午後には殿下がいらっしゃるはずだから、直接聞いてみることにしましょう。夫人も同席してください」

「かしこまりました」

彼が夕食後に来訪する時には夫人は下がった後だったし、昼間訪れる時にはテオールがいるので夫人は退室していた。

思ったのだ。

でも今回はドレスという女性のものに関することだから、夫人がいてくれた方がよいと思ったのだ。

もしこれがフォーンハルトからの贈り物で、単に手配を頼んだ者の趣味が彼とは合わなかったというだけのことならばいい。

問題は送り主が彼ではなかった時だ。

王子が特別に部屋を与えている女性にドレスを贈ろうとする者……。

その事実を知っていて、自分なら贈ってもかまわないと判断した人物がいる。そしてわざわざ夜会用のドレスを用意した。

そんな人物は数人しか思い浮かばない。

午後になってやってきたフォーンハルトが、広げられたドレスを見てけげんそうな顔をしたのでやはりそうだったかと思った。

「何だこれは？」

「殿下が贈られたものではございませんか？」

「俺はこんな悪趣味なものは贈らん」

「今朝、ロザリー様に届けられたものですが？」

アーセン夫人は重ねて訊いた。

そこにノックの音が響く。

「お入りなさい」

夫人が許可を出すと、そこに立っていたのは侍女だった。メイドならばお仕着せの制服を着ているはずだもの。

「お手紙をお届けするように命じられました」

「ロザリー様に？」

「いいえ、フォーンハルト殿下にでございます。このお時間でしたらこちらにいらっしゃるだろうとのことでしたので」

テオールとアーセン夫人の表情が固まる。

「テオール、受け取れ」

命じられてテオールが手紙を受け取ると、侍女は頭を深く下げて扉を閉めた。

一度も私のことを見ずに。

テオールから封筒を受け取り、中を見た彼はため息をついた。

「ついに来たか」

そしてテオールに渡す。

「ロザリー、国王夫妻からの呼び出しだ」

……やっぱり。

「驚かないのか？」

「ドレスが届いた時にもそうではないかと思いました。他に王子が滞在させている女性にドレスを贈るなどという不敬ができる人間はいませんもの」

可能性があるとすれば、彼にケンカを売りたい人間だけれど、それにしたって弟しかいないのだから、結局は彼の敵からに変わりはない。

手紙はテオールからアーセン夫人に渡り、夫人が文面を読み上げた。

「『フォーンハルトが婚約を望む女性を城に迎えたという話は聞いている。もしそれが真実であるなら、一度その顔を見せるように。ついては明後日のパーティに招待する』これは命令ですわね」

「王と王妃の名が連名でサインされてるからな」

「ですが、お嬢様はまだお怪我が……」

フォーンハルトは私の前に立った。

「出られるか?」

「私にパーティに出席しろとおっしゃるのですか?」

「そうだ。王妃は俺の婚約者の品定めをしたいのだろう。もしかして有力な貴族の娘を隠しているのではないかと疑っている。もしくは、そんな娘はいないと思っているのかもしれない」

「殿下、いくら何でもそれは無茶です!」

テオールが間に割って入った。

「彼女は貴族社会のマナーも知らないのですよ？　出席させれば殿下が恥をかくだけです。彼女にとっても辛い時間となるでしょう」

「お前には聞いていない。俺はロザリーに訊いている」

「彼女が出ると言っても、出る価値がないと言っているのです。確かに彼女は美しく聡明で立ち居振るまいも悪くはない。けれどそれと令嬢の中に入っていけるかどうかというのは別の問題です」

「ロザリー、テオールはお前がみっともない恥をかくと言ってるぞ？　お前自身はどうだ。上手くできると思うか、それとも後込《しりご》みするか」

必死に止めるテオールを無視して、彼が私に訊いた。

「私は……」

どうしよう。

私は社交界にデビューはしていなかった。王城で有力貴族と顔を合わせていたのも十歳まで。今の私の装った姿を知るのは後見人のグラハム侯爵一家ぐらいだろう。

それでももし、そのパーティで私の正体がバレてしまったら？

「断っていいのですよ。あなたにそこまで求めることはできません」

「うるさいな。俺は無理に出ろと言っているわけじゃない。ロザリーに出る気があるかと訊いているんだ」

「殿下に訊かれたら断ることもできないでしょう」

「この娘がそんなにやわだと思うか？」

「王子と知らない時には非礼もできたでしょうが、あなたが王子と知った今では拒むことはできません」

それって、助けているようで助けていないセリフだわ。王子の命令に逆らうな、と言ってるようなものだもの。

「アーセン夫人はどう思う？」

突然話を振られて、彼女は一瞬だけ考えたがすぐに返答した。

「恥をかくようなことはないと思います。彼女はメイドというより上級の侍女クラスのたしなみを心得ていると思います。ドレスアップでしたら私が腕によりをかけますし」

……外堀を埋められたわ。

「ロザリー」

フォーンハルトは二人に離れるように言って私の肩を抱くと、耳元で囁《ささや》いた。

「出席してくれ。お前が出なければ私は人前に出せないような娘を呼んだのかと言われるだろう。ただの遊び女を城に呼んだのかと。だが俺はそんな女を呼んだ覚えはない。私からの願いだ、どうか私のパートナーとして出席してくれ」

ずるいわ。

いつもは『俺』というのにいきなり『私』と言うなんて。今まで一度も『私』と使わなかったのに。まるで正式に王子として頼んでいる、と言われたようだわ。

「……私はまだ怪我をしています」

「だから顔合わせだけしたらすぐに戻ってもいい」

「他の女性を代理で頼んでは？」

「私の婚約者はお前以外にいない」

嘘だとわかっていても耳元で真剣な声でそんなことを言われると心が揺れる。

「私は失態を犯すかも……」

「そんなことはしない。私はお前を信頼している」

「どうしてそこまで私のことを？」

「お前に惚れたからだ」

「……真面目に答えてください」

「本気だ。お前が出席すると言うまで、ずっと愛の言葉を囁いてもいいぞ」

「それはもう嫌がらせになってます」

「頼む、ロザリー」

もし私が出席しなかったら、彼はどんな立場に置かれるのだろう。

彼が言ったように、遊び女を連れてきたと思われるかもしれない。ちゃんとした女性だと言うのなら、何故親に、国王に紹介しないのかと責められるだろう。

私が隣国の王女だとバレる可能性は極めて低い。自国のパーティに出席しても、まだわかる人間は少ないだろう。まして突然王子が連れてきた娘が隣国の王女だと想像する人間がいるとも思えない。

彼の私への態度は、からかうことを除けばよいものだった。最高の医師に最高の部屋。彼の策略ありきだとしても侍女は元王妃付きの者を付けてくれた。

「……いいわ」

その恩を返すつもりで、一度だけなら彼の顔を立ててあげよう。

「出席します」

「ありがとう」

彼は礼を言い、私の耳にキスをした。

「な……！　何をするんですか！」

「感謝の気持ちが溢れただけだ」

「何をされたのですか！」

私が声を上げたので、テオールが慌てて飛んで来る。

耳にキスされたとは言えず、私は赤くなりながらも、何でもないと言うしかなかった。

「その……、息を吹きかけられたんです」

それも恥ずかしいが、まだキスよりは人に言える。

「フォーンハルト様！」

フォーンハルトはテオールの小言を無視することにしてるらしい。

「ロザリーは出席してくれるそうだ。すぐにドレスや靴を手配をしなければな。アーセン夫人、一緒に来てくれ」

「かしこまりました」

「フォーンハルト様！」

テオールを置いて、彼はアーセン夫人と出て行ってしまった。

「本当によろしいんですか？」

彼は不安そうに尋ねた。

「多分大丈夫だと思います。私は怪我をしているので、すぐに気分が悪くなったと言えば退席できるのではないかと」

「そうですね、それが理由ならば不敬にはならないでしょう。ロザリー嬢は、本当にフォーンハルト様と結婚を考えていますか？　そのためにパーティに出席するとおっしゃったのでは？」

そちらを疑われてしまったか。でもそうね、たかがメイドごときが王子と夜会に出るなんて言い出したら、何か下心があるのではと思うのは当然だわ。

「私、テオール様を信じているんです」

「私を?」

彼は窺うような目で私を見た。

「もし本当にフォーンハルト様が私と結婚しようだなんてお考えになったら、きっとテオール様が逃がしてくださると思って」

「逃げるおつもりなんですか?」

「テオール様もご存じの通り、結婚は殿下が突然言い出したことです。ですから、私としては、殿下のためにお芝居をする気はあっても結婚する気はないのです。アーセン夫人は私が結婚すると思っているようですが、テオール様はして欲しくないと思ってらっしゃる。ですから、イザとなったらテオール様が私を逃がしてくださると信じているのです」

「それがあなたの本当の気持ちですか?」

「はい」

澱《よど》みなく答えると、彼はため息を漏らした。

「わかりました。あなたの期待に応えられるようにしましょう」

「今回は私が出席しないと殿下のお立場が悪くなるということでしたので、出席だけはいたします。けれど傷が痛むからと言って早々に退席させていただくつもりです」

「では私がそう進言しましょう。ロザリー嬢は具合が悪いようだ、と」

「それはありがたいことですわ。是非」

よかった。

やっぱりテオール様は味方だわ。

パーティに出席することは気が重いけれど、彼が動いてくれるなら問題が起きる前に逃げることができるだろう。

「それでは、私もこれで失礼します。殿下が何をするか心配なので」

「よろしくお願いします」

テオールも部屋を出て行ったので、私は贈られたドレスをもう一度見直した。肩の大きく開いた赤いドレスは襟元に白のレースがたっぷりついて、スカートの部分にはゴテゴテとビーズがあしらわれている。

豪華かも知れないけれど、悪趣味だわ。

これが王妃様の趣味とは思えないから、何も知らない娘が豪華なドレスと喜んで着て恥をかけばいい、という考えが透けて見えた。

先制攻撃でこの有り様では、きっとパーティ会場で顔を合わせたらもっとあからさまな厭味が待っているかもしれない。

あれだけ真剣にお願いしてきたのだから、フォーンハルトも守ってくれるだろう。テオールの補佐も確約できたし。

「後は私の正体がバレないことを祈るのみね」

それもまあ、すぐに退出できるなら大丈夫だろう。

けれどそれは甘い考えだったのかもしれない……。


パーティの当日、部屋に届いたドレスは文句なく趣味のよいものだった。

色は落ち着いた深いブルー、透明なビーズが光を散りばめるように縫い付けられていて、動くとキラキラと光を反射した。

一番問題だった左肩の怪我の部分は、左にだけ肩とフレアの袖がつくデザインになっていて、見事に包帯を隠してくれていた。

「新しくお作りできればよろしかったのですが、お直しのドレスになってしまって」

アーセン夫人は残念そうに言ったけれど、私は満足だった。

贈られた悪趣味な赤いドレスの何倍も嬉しい。

「お嬢様は美しい黒髪ですから、髪飾りはパールにいたしましょう」

「高価過ぎないかしら?」

王女ならば相応しいかも知れないけれど、メイドにはもったいないわ。

「お嬢様は殿下の隣に立たれるのですから、相応の装いでないと」

と言われると受け入れるしかない。

何度も何度も櫛を入れて整えられた黒髪に、扇形のパールの簪《かんざし》が飾られる。

お化粧も、夫人が仕上げてくれた。

「これは美しい。まるで人魚姫のようだな」

ノックもせずに入ってきたフォーンハルトの褒め言葉に、ちょっと機嫌がよくなってしまう。

そうでしょう？　結構悪くないでしょう？　と胸を張りたかった。

メイドと名乗った私にはそんなことは言えないけれど。

「殿下の方こそ、とても素晴らしいですわ」

お世辞ではない。白い礼服に身を包んだ彼は、凛々しくも高貴な王子そのものだった。

「惚れ直したか？」

なんて笑わなければ。

「直すというのは惚れてからですわね。ただ素晴らしいとだけ申しておきます」

アーセン夫人が同席しているから、はっきりしたことが言えないのが辛いわね。

「どうだ、テオール。この美女が恥をかくと思うか？」

一緒に入って来たテオールも、淡い緑の礼服がよく似合っている。

「驚きました。本当にお美しい」

結婚反対派の彼に褒められると、お世辞ではないと思えて益々嬉しくなってしまう。

「それでは、愛しのロザリー。魑魅魍魎《ちみもうりょう》見学ツアーへ行こうか」

「魑魅魍魎?」

「そんな者ばかりが集まる場所だからな」

彼が肘を差し出すので、腕に手を掛ける。

「この部屋は城の端にあるのでな、広間までは少し歩くが大丈夫か?」

「脚に怪我はしていませんもの」

「では行こう」

それでも彼は気遣ってゆっくりと歩いてくれた。

わかってるわ、フォーンハルトが優しい人だなんて。その優しさをちゃんと言葉でも示してくれればいいのに。

王城の長い廊下を、先行するテオールに付いて二人で並んで歩く。

確かに距離はあったけれど、飾られている美術品や美しい内装を見ていけるのは楽しかった。

「よいところだろう?」

「ええ、とても美しくて素敵ですわ」

「ここに住みたいと思わないか?」

「メイドには無理です」

「王妃ならば当然になる」

「言っておきますけれど、先日のようなことはなさらないでくださいね」

「先日のようなこと?」

「その……、耳にキスとか……」

「ああ。わかった、気を付けよう。だが腰に手を回すことはあるかもしれないぞ」

「それぐらいでしたら」

暫く行くと、廊下に衛兵の姿が見えた。

侍従が私達の姿を認めて頭を下げる。

かすかな音楽が聞こえてきたところで、テオールが部屋のドアを開けた。ここが控えの間になるのだろう。

フォーンハルトはすぐに私を椅子に座らせ、自分はその傍らに立って中にいた侍従に声を掛けた。

「陛下達は?」

「控えの間においでです。ご登場にはファンファーレが」

「ではそれを聞いてから出ることにしよう」

言ってる側からファンファーレが鳴り響く。

「陛下よりも後に入場して失礼にはなりませんか？」

「今日は私達は招待客だ。後から入っても問題はない」

もう一人称が『私』になっている。ここからは王子様モードというわけね。

「ではいこう。君の度胸に賭ける」

私のことも『お前』ではなく『君』になったわ。

些細《ささい》な変化が緊張を呼ぶ。

私はただのメイドだけれど、もし万が一正体がバレた時に、『あの時のひどい娘が』と言われないよう、王女としての誇りを持った行動をしないと。

侍従が、入ってきたのとは違う扉を開ける。

音が一気に流れ込んで来る。

テオールは私達の背後に回った。

「行くぞ」

腕に手を置くと、彼はそっとその手を叩いた。

「顔を上げて胸を張れ。お前には俺が付いている」

いつもの『お前』と『俺』という言葉が聞けて、少しだけ緊張が解《ほぐ》れた。

「ええ、頼りにいたしますわ」

歩を進め、扉をくぐると、そこは華やかな大広間だった。

着飾った人々がフロアの中央を空け、壁際に整列している。その人達が皆、こちらを見ていた。正確には、私達が出てきたすぐ横の玉座に座っている国王夫妻を。

その視線はフォーンハルトに移り、次に私へと移る。

全員の心の声が聞こえるようだった。

殿下の隣にいるあの娘は何だ？　何者だ？　どうして殿下がエスコートしているのだ？

私は彼のためにも、一流の女性でいなくては。絶対に彼に恥はかかせない。私も、恥をかくようなことはしない。

今だけでも、私達は似合いの二人でいなければ。

フォーンハルトが向きを変え、玉座に向かう。

玉座の右側に座っているのが国王陛下ね。お父様よりは若いけれど金髪の中に白いものが交じっている、お髭《ひげ》を蓄えた、少し気の弱そうな殿方。

そして左側に座っている女性が王妃様。濃い茶の髪はふんわりとカールされ、ドレスは明るいオレンジ。お年の割りには派手だけれど、贈られたドレスよりは趣味がいい。やはりあれは嫌がらせだったのね。

気が強そうで、肉感的で男性が好みそうな豊満な体つき、美人だけれど、威厳と知性は感じられなかった。

「この度は私と私の恋人をお招きいただき、ありがとうございます、陛下」

陛下は穏やかな表情で頷き、私を見た。

「そちらがお前の恋人のお嬢さんか？　とても美しいな」

「ありがとうございます。私も一目惚れです」

「うむ。だが彼女は……」

「我が国の貴族ではありません。ですが、ご報告した通り、彼女は私の命の恩人です。己が命をなげうって私を守ってくれた献身的な女性です。私のせいでこの美しい身体に傷を残させてしまいましたことは私の不覚です」

「お前はそれでよいのか？　平民の娘を妻にと望むのか？」

「彼女への深い愛があれば何も問題はないかと思います」

「よろしいではありませんか、陛下。ご本人がこうおっしゃっているのですもの、認めて差し上げなければ可哀想ですわ」

横合いから王妃が口を挟んだ。

その声はありありとわかるほど上機嫌だ。

「今日はあなたの婚約発表の日ね、フォーンハルト。でももう一つ祝うべきことがあるのよ」

彼女は更に嬉しそうに笑った。

「我が息子ベオハルトも婚約したの」

「それは、それは、おめでとうございます」

「お相手が気になるのではなくて？」

「どなたでしょう」

「アルメリア・トールタス公爵令嬢よ。あなたの元婚約者候補だったわね」

「アルメリア嬢ですか。トールタス公爵は国内屈指の有力貴族。さぞや義母上もご安心でしょう。ですが私の婚約者候補とは口にされない方がよろしいですよ。まるでベオハルトが私のお下がりをもらったようですし、アルメリア嬢にも失礼でしょう」

フォーンハルトが厭味を言うのがうまいのは、こういう方々と接していたせいね。

王妃の顔は見る間に怒りに包まれたもの。

「ご忠告を感謝するわ。二度と言いません」

「それがよろしいでしょう」

反対に、フォーンハルトは満面の笑みで応えた。

王妃が手にしていた扇を上げると、再びファンファーレが鳴り響き、呼び出しの声が上がった。

「第二王子ベオハルト様並びにトールタス公爵令嬢アルメリア様ご入場」

フォーンハルトの入場の時には呼び出しはなかったわ。第一王子より第二王子の方がメインみたいじゃない。

私達が入って来たのとは違う扉から、一組の男女が入って来る。

クセッ毛の王妃と同じ濃い茶の髪をしたはっきりした顔立ちの男性と、金髪の髪を巻いた美しい女性。

これがベオハルトとアルメリアね。

二人が玉座に近づくと、アルメリアは私を睨みつけた。

「今日はベオハルトとアルメリアの婚約披露パーティです。どうか皆さん楽しんでください。フォーンハルトも恋人を同伴したようですが、彼の婚約披露はまた別にいたしましょう。それでよろしいわね？」

「はい」

突っ込みどころは満載だった。

どうして開会の宣言を王ではなく王妃がするの？

認めたくはないけれど、フォーンハルトは私を婚約者と紹介したのに、何故婚約したと言わないの？

兄が婚約者を連れてきたのなら、まず兄の婚約披露が先でしょう。たとえ今日が弟の婚約披露と決まっていても譲るべきだわ。もしくは合同にすべきよ。

呼び出しにしてもそう。たとえ弟の婚約披露のパーティであったとしても、兄の入場の時にそれを行わないなんて無礼だわ。

王は知らなかったのか、呼び出しがあった時に表情を変えたけれど、それなら何故注意しなかったの。

「兄上、先の婚約になってしまい、申し訳ございません」

ベオハルトが近づき、フォーンハルトに声をかけた。その顔は勝ち誇ったように嬉しそうだ。

「いや、気にしなくていい。おめでとう、ベオハルト、アルメリア」

彼の祝いの言葉を受けて、彼女の顔が引きつった。

「……殿下よりのお祝いのお言葉、ありがたく頂戴いたします」

その顔を隠すかのように、深く頭を垂れる。

彼女は、フォーンハルトの妻になりたかったのだわ。恐らく彼が私という女性を連れてきて婚約が整わないとわかって、親が第二王子に乗り換えさせたのだろう。

可哀想に。

「兄上のお連れも、まあまあじゃないですか」

……まあまあ？　失礼な。

「では、お先に失礼します。本日のメインキャストなので最初のダンスを踊らねばなりませんから」

やけに『先に』を強調しながら、ベオハルトはパートナーの手を取ってフロアの中心に歩み出た。

彼等がダンスのポーズを組むと、音楽が流れ始める。

何も知らなければ、お似合いの二人だと思えただろう。けれどアルメリア嬢の気持ちを思うと切ない。

貴族の女性が結婚相手を自分で選べることは少ない。彼女が国内屈指の有力貴族の娘であったなら、幼い頃からいつかはフォーンハルトと婚約するのだと周囲からも言われていただろう。

本人もそのつもりでいたに違いない。

なのに、そのお相手に祝福の言葉を受けて他の人の婚約者として皆の前に連れ出されなければならないなんて。

二人が踊り始めると、周囲にいた人々もフロアに出て踊り始めた、まるで花が咲いたように綺麗。

「あなた、そちらの娘さん」

ダンスを見ている私に、王妃が声をかけた。

「どうぞ『そちらの娘』ではなく、ロザリーと呼んであげてください」

私に代わってフォーンハルトが答える。

「ロザリーさん。あなたもダンスを踊ってらしたら？　せっかくの初御目見得ですもの、皆さんに見ていただかなくては。ヘタでもいいのよ、今日の主賓はベオハルト達ですもの」

こちらも勝ち誇った顔をしている。親子って似るのね。

彼女の意図はわかっている。平民の娘が宮廷のダンスなど踊れるわけがない、踊らなければベオハルトが名実ともにパーティの主役。もし踊っても惨めなダンスでフォーンハルトに恥をかかせられる、と思っているのだろう。

「バカにされたな」

フォーンハルトが小さな声で囁いた。

「悔しくはないか？」

「私にダンスを踊れと？」

「俺は言わない。ただ、このまま突っ立って晒《さら》し者《もの》にされることをお前がよしとするかどうかという話だ」

言ってる顔が挑戦的よ。

でもベオハルトに『まあまあ』と言われたことは腹が立つわね。

「いいわ、一曲だけなら」

「では来い」

彼は私の手を取り、フロアに歩み出た。

周囲の令嬢達の視線が一斉に注がれる。

たとえ今日の主賓であろうとも、見知ったベオハルト達よりも突然フォーンハルトが連れて来た身元の知れない娘の方に興味が向くのは仕方ないわね。

二人の存在が霞《かす》んでしまいそう。

ひょっとして、彼はそれを狙っていたのかしら？

「私と踊っている時に他のことを考えるな。私のことだけ考えていろ」

腰に回った手がグイッと私を引き寄せる。

「お前の最高のダンスを見せてくれ」

彼に恥をかかせない程度のダンスはするつもりだった。けれど、メイドの娘があまりダンスが上手いのもおかしいから、適当で終わらせるつもりだった。

けれどリードするフォーンハルトが上手過ぎて、手を抜くことができない。彼のステップはダンス教師に匹敵するほどだもの。

いいえ、トリッキーなステップを交ぜてくるところが教師以上だわ。

ダンスは好きなのよ。身体を動かすことが好きだから。

なので、踊っているうちに楽しくなって、つい本気で踊ってしまった。

まった。


「次のターンでジャンプだ」

「ホールドするからもっと背を反らせ」

「中心へ出るぞ」

　彼の指示に従って踊っているうちに、私は自分が平民の娘を演じていることを忘れてし
まった。

　だって、この世界が私の生まれ育った世界なのだもの。人々に注視され、誰よりも美し
く振る舞いなさいと教えられてきたのだもの。

　目の前にいるフォーンハルトも、いつもと違い優雅に笑みを浮かべていた。

　ターンすると深い青の瞳にシャンデリアの光が反射してキラキラと輝く。見つめ合うと、
その青さに引き込まれてしまいそう。

　この人には味方がいるのかしら？　義母も弟も敵、父は味方ではない。そんな中でも腐
ることなく自分の信念のために戦っている。権威のためでなく国のために。

　素晴らしい人だわ。もし彼が正式に『ロザリナ』に求婚をしたら……。

「曲が終わった」

　ステップが止まる。

　組んでいた手が離れ、彼は私の手を取ると腰を抱いて玉座へ向かった。

　踊っていたのがフロアの中央だったので、ゆっくりと皆の真ん中を進む形になる。踊り

は次の曲が流れて続いていたけれど、全員が私達を見ていた。

玉座では、国王陛下は笑みを浮かべていたが、王妃は苦虫を嚙《か》み潰《つぶ》したような顔をしていた。

「随分と踊りの上手いお嬢さんですこと。元は踊り子だったのではなくて?」

私がファンザムの王女としてここに居たら、この侮辱は戦争ものよ。

「ありがとうございます。お褒めの言葉と受け取りますわ。これもフォーンハルト様の教育の賜物《たまもの》でございます」

でも私は平民の娘。これも甘んじて受け流さなくては。

「怪我を押して踊らせたので、もう休ませてやりたいと思います。陛下、どうぞ退席の許可を」

「うむ。大事にしなさい。ロザリー嬢、よいダンスであった」

「ありがとうございます」

陛下は息子の選んだ女性がただの馬の骨ではなかったことを喜んでいるようだ。

「では行こうか、ロザリー」

彼は陛下にだけ一礼し、私をエスコートして出てきた扉へ戻った。

今日のパーティの話題は私達で決まりだろう。

ベオハルトにはいい気味だけれど、アルメリアには返す返すも申し訳ないわ。

控えの間を通り抜け、私の部屋へ向かう。

行きはさほど遠くないと思っていたのだが、帰りは何故か部屋が遠く感じた。

通路に立つ衛兵の姿が消え、部屋が近くなった時、安堵からか足がふらついた。

「おっと」

フォーンハルトが支えてくれたが、彼はそのまま私を抱き上げた。

「フォーンハルト様！」

「すまなかった、激しく運動させ過ぎた」

「大丈夫ですわ、下ろしてください」

「ちゃんと部屋まで運んでやるからおとなしくしていろ。前にも言ったと思うが、矢には毒が塗ってあった。毒はまだ完全に解毒できた保証はない。動いてそれが回ったのかもしれない。無理はするな」

真面目な顔で言われるから、反論ができない。

そのまま、彼は私の部屋まで行くとドアの前でそっと下ろした。

「立てるか？」

「ええ、平気です。……ありがとうございます」

「無理をさせたのはこっちだ」

ドアを開け、どうぞ中へと促される。

私が中へ入ると彼もついてきて、長椅子に座るように誘導された。別にどこに座ってもいいと思って腰掛ける。

彼は水差しからコップに水を注ぎ、私に渡してくれた。

「喉が渇いただろう」

「ありがとう」

素直に受け取って口に含む。彼の言う通り、喉が渇いていたのか一気に飲み干してしまった。そのコップを受け取ってテーブルに置くと、彼が隣に座る。

長椅子に座るように促したのはそのためだったのね。

でも何をするわけでもなく、彼は背もたれによりかかるようにして天を仰いだ。

「疲れたのですか？」

「いや」

「でも……」

「お前に嫌なところを見られたな、と思っているだけだ」

「王妃様のことですか？」

彼は肯定はせず、こちらを見て困ったように微笑んだ。

「私の矢傷、まだ毒が残っているのでしょうか？」

「身体に害を成すほどには残っていないだろうが、完全とは言い切れない。ふらついたのはずっと寝ていたのに激しいダンスをしたせいかもしれないし、毒のせいかもしれない」

「毒の種類はわかっているのですか？」

「うん？」

「死ぬような毒だったのですか？」

「怖くなったか？」

疲れた顔に、からかうような笑みが浮かぶ。

ああ、そうか。彼のからかうような笑みは本心を隠すためなのだわ。

「怖くはありません。フォーンハルト様が最高の医師を付けてくださって、その医師が大丈夫だと言ってくれたのですから。ただあの方が人が死ぬような毒を使ったのかと思うと、その方が恐ろしいですわ」

「ナタリア妃か。彼女は悪いことをしたという自覚もないだろうな。自分の望みを叶えることが正義だと思っているだろうから」

「殿下を守る方はいらっしゃらないのですか？」

「俺を？　そりゃいるさ。だが表立っては動けないいな」

「どうしてです？」

「第一王子派とわかればナタリア妃に何をされるかわからないからな。中立派を装っている。以前私に付いていた者が謂《いわ》れのない罪を着せられて役職を解かれたことがあった。ナタリア妃は国王を動かすことに長《た》けているし、彼女は裏で使える人間も多そうだ。私を襲撃した者はどう見ても貴族ではなかった」

「外部にも手下がいるのね」

「烏合《うごう》の衆とは思えない。どこかに組織だった協力者がいるのだろう。金を持っていて、裏事にも手を出し、表舞台に出てこない者が。その人間を突き止めなければこちらも迂闊《うかつ》には動けないのだ」

だからたった一人で動いているのね。

「ロザリー。もう動けるようになったのだから早く家に戻りたいだろう。だが頼む、もう少し連中の悪事の尻尾を掴むまで協力してくれないだろうか？」

私がいれば、彼は煩わしい婚約から逃れられる。私と会うという理由をつけて抜け出し、自由に動ける。

自分の欲望を叶えるために人を殺《あや》めることを何とも思わないような人の前に彼を置いて自分だけ逃げ出すと？

まだ国が私を捜しているという話は流れてこない。

どうしてだかわからないけれど騒ぎになっていないのなら、もう少しだけ彼に協力してもいいかもしれない。

フォーンハルトが殺されるなんてこと、絶対に許せないもの。

「そんな言い方をしなくても、私にはあの誓約書がありますでしょう？　弟君が王位継承権を剝奪されるまでは付き合いますわ」

「あれはただお前の望みを叶えると書いただけのものだろう？　協力しろとは書いてなかったぞ」

「それに、王子に叶えてもらいたいことがあるから、協力しますわ」

頼まれたから応えたのに、彼は吹き出して笑い出した。

「お前は本当にバカだな」

「何よ！」

「勇敢で正義感に溢れて、頭もいい」

たった今バカと言ったじゃない。

「なのにバカだ」

「頭がいいのにバカって……」

彼の手が頰に触れる。

「……え？」

熱い手が強引に彼の方に向かせると、フォーンハルトの顔が間近に迫ってきた。

次の瞬間、彼の唇が私の唇に触れ、強く押し付けられる。

これって……、キス？

ええっ？　私、フォーンハルトにキスされてるの？

一瞬にして全身が熱くなる。

「だがそのバカなところが好きだ」

目の前で、彼が微笑んだ。

その顔にまた熱が上がる。

「聞いてるか？」

彼はもう一度、唇を軽く重ねた。

「いやっ！」

王子だからってもう遠慮はしないわ。

私は思い切り彼の頬を叩いた。

「な……、何するのよ……！」

「キス」

「お……お嫁入り前の女性に……！」

「では責任をとってお前と結婚しよう」

「それこそ何言ってるの！　それはお芝居でしょう！」

「いいや、俺はお前が本当に好きだ。今日人前に出して後悔しているくらいに。お前の美しさは完全に俺のものになるまで見せるべきではなかった。他の男に懸想されては困る」

頬を叩いたのに、もう一度近づこうとするから後じさるが、肘掛けが背中に当たって逃げ切れない。

「あなたが私を好きになる理由がどこにあるの？」

「今言っただろう？　美人で、勇気があって、正義感も強く、聡明で、バカなところだ」

「だからどうしてバカなのよ。バカだから好きっておかしいでしょう」

「おかしくないさ、バカな子ほど可愛いと言うだろう」

「私は子供じゃないわ」

「そうだな」

彼は腕を伸ばして私の背後の肘掛けに手をつき、私を捕らえた。

「大人の女性なら、男と二人きりになる危険性はよくわかっているだろう？」

「ひ……、人を呼ぶわよ」

「俺が下がれと言ったら皆下がるだろうな。因みにテオールもアーセン夫人も今はパーティに出席中で呼んでも来ないぞ」

更に彼が近づく。

「とても綺麗だ、ロザリー。魅力的で、我慢ができないくらい」

「止めて、止めないと酷い目にあわせるわよ」

「酷い目？　誰が？」

完全にバカにし切った顔で笑われて、最後の迷いも消えた。これは彼が悪いのよ。

「あなたがよ！」

護衛官から身を守る術は教えられていた。

基本はとにかく逃げること。反撃する暇があったら後ろを振り返らずに走ってください。けれどももし捕まってしまったら、思いきり臑《すね》を蹴るのです。どんなに鍛えた者でも臑は鍛えられませんから、と。

そして私はその教え通り、フォーンハルトの臑をヒールの靴で蹴り飛ばした。

「……っ！」

目の前の顔が苦痛に歪み、身体が前のめりに崩折れる。

閉じ込めていた腕も肘掛けから離れたので、すかさず私は椅子から立ち上がって部屋の隅に逃げた。

「あなたが悪いんですからね！」

何か武器になるものをと探して、ビューロの上にあったペンを握る。

「それ以上近づいたら今度はペンで刺しますわ」

「……最低限の危機管理はできるようだな。からかって悪かったよ」

「からかうにしたって限度があります！」

「だがお前を好きなのは本当だからな」

彼は立ち上がり、痛そうに自分の臑を撫《な》でた。

「遠慮なくやってくれたな。……うっ」

そして突然床に蹲《うずくま》った。

「フォーンハルト様？」

やり過ぎた？

慌てて駆け寄ると、その腕を掴まれた。

「甘い」

顔を上げ、にやりと笑われる。

お芝居だったのね。

「ペンはまだ握ってましてよ」

負けじと右手に握ったままのペンを構えると、手は離された。

「もう悪さはしないから、攻撃も止めてくれ」

「変なことをしなければ他人を攻撃なんてしませんわ」

降参、というように彼は両手を上げて距離を取った。

「了解。では私はこれで退室しよう。メイドを呼ぶから、着替えて休むといい。ああ、その前に食事を運ばせないとな」

私は彼から目を離さないように、彼が部屋から出て行くまでじっと睨みつけたままでいると、彼は扉が閉まる前に振り向いた。

「男は危険だとわかったな。これから近づいてくる者には同じことをするんだぞ」

一番危険な人物に忠告されても……。

扉は彼を呑《の》み込んで閉まり、私はやっと緊張を解いた。

ペンをビューロのペン立てに戻し、ベッドの上に腰掛けた。

ベッドに押し倒されなくてよかったわ。もっとも、もしそんなことをしたら臑を蹴るどころじゃすまさないけど。

『だがそのバカなところが好きだ』

フォーンハルトの声が耳に残る。

『俺はお前が本当に好きだ』

……絶対に嘘だとわかっているのに、思い出すだけで胸がドキドキする。

彼とダンスを踊っている時、もしも彼がクレスタの王子としてファンザムの王女である私に結婚を申し込んだなら、と考えてしまった。

答えは出さなかったけれど、自分でもわかっていた。

彼は魅力的な人物だ。

王子としての考えがしっかりしている、国のために一人でも戦う勇気と覚悟がある。ダンスも上手いし、容姿は申し分ない。

厭味が上手いのは周囲に敵が多いから。

人をからかったりするのは真実を隠すための手段。

……そう考えると、さっきのキスは私にもっと殿方に警戒心を持て、と言いたかっただけなのかしら。だとしたらやり過ぎよ。

キス。

唇に触れた柔らかくて熱い感触が蘇《よみがえ》る。

う……、私のファーストキス。

「失礼してよろしいでしょうか？」

声にハッとして見ると、扉を細めに開けてメイドが心配そうな顔で覗き込んでいた。

「ノックをしたのですが、お返事がなかったものですから……。お怪我が痛んで休まれているのかと……」

「ああ、ごめんなさい。少し考え事をしていたものだから。どうぞ」

「お茶を運んで参りました。お食事の方がよろしければお食事をお持ちいたしますが？」

「いいえ、お茶でいいわ。でもその前に着替えを手伝って」

今は何か食べる気になれなかった。

「では湯浴みの用意もいたしましょう」

「お茶は淹《い》れなおして参りますわ」

「ありがとう」

ノックの音に気づかないほど彼のことを考えていたなんて……。

キスが悪いのよ。

もう絶対に彼に気を許したりしないわ。

もう絶対よ。


翌朝目覚めると、頭の中に昨日のキスのことが浮かんでしまった。

今日は昼に来るのかしら、夜に来るのかしら。どちらにしても絶対テオールに同席してもらわなくちゃ。

アーセン夫人にもよ。

メイド達に朝の支度を手伝ってもらい、今日はゆったりとした黄色のドレスに着替えて朝食をいただく。

食事が終わると、アーセン夫人が何人ものメイドを連れてやってきた。

「アーセン夫人？」

そのメイド達は皆、大きな箱を持っている。

その箱の形には見覚えがあった。

「ドレスでございます」

「また王妃様から？」

「いいえ、これはフォーンハルト様からです」

「フォーンハルト様から？　でももう何着も……」

「今までのものはお部屋で過ごしていただくためのものですが、こちらは外出用のものでございます」

「外出用？　私は外に出るの？」

「パーティに招待された時、これから何があるのかわかりませんので一通り揃えるように申しつかっておりました。お部屋も隣の部屋と続けるようにと」

「隣？」

アーセン夫人は説明するよりもこっちの方が早いというように、今まで開かずの扉だったところにカギをさし、大きく開けた。

「ドレスなどはこちらのお部屋へお運びいたしますので今までと何ら変わりなくこちらでお過ごしください」

荷物が増えたから部屋も増えるということ？

私に贅沢をさせすぎだわ。

「何をおっしゃいます。これでも全然足りないくらいですわ」

それは確かに、本物の王子の婚約者だったらこのドレスの量では足りないでしょう。でも私には出掛ける先もないのに。まさかまたパーティに出席しろとか言うのじゃないでしょうね。

心配しているところに、当の本人がやってきた。

「ドレスが届いたのか」

声を聞いただけでドキッとしてしまう。

でも大丈夫、今は夫人もメイドもいるし、彼の後ろにはテオールもいるもの。

「これは殿下。お早いお越しでいらっしゃいますこと」

「ちょっとロザリーに伝言があってな」

彼が私に近づこうとしたので、思わず身構える。それに気づいて、彼は笑った。

「気の立った猫の子みたいな反応だな」

「別に。そんなことはありませんわ」

「そうか？　ではもう少し近くに来い。俺に声を張り上げろと言うのでなければ」

「この距離でも普通に聞こえます」

「やれやれ、警戒されてしまったな」

「……警戒されるようなことをなさったのですか、殿下」

後ろからテオールがじとっとした目で彼を睨む。

「昨日……」

「別に言うほどのことではありませんわ！」

「……ふらついていたので抱いてこの部屋まで運んだんだ。その後にはメイドにお茶を運ぶように頼んで退室した」

私が大声で制止したから、キスのことは口にしなかった。察して気遣ってはくれるのよね。でも許しはしないわ。

「昨日のことで、義母上の不興をかってな、ちょっと用事を言い付けられたので二、三日こちらには顔を出せなくなる。それを伝えに来たんだ」

「いなくなるの……？」

私が不安な顔を見せたからだろう、彼は優しく微笑んだ。

「すぐに戻るさ。大した用事じゃない」

「テオール様は残られるのですか？」

「いや、テオールも連れて行く。だがアーセン夫人は側にいる」

それでも、私を絶対的に守ってくれる人がいなくなってしまうことは不安だった。

「またパーティに出席しろと言われないかしら？」

「それはない。王子の婚約者に他のパートナーを付けるなんてあり得ないからな」

「まだ婚約者『候補』ですわ」

「どっちでも一緒だ」

大きく違うわ。

そういえば、昨日のパーティで彼は私を恋人と紹介したのに、王妃が婚約の発表はまだだと言った時、彼は素直に受け入れていた。もしかして私を婚約者と決定づけることを避けてくれたのかしら。

派手なダンスで事実上は認められたも同然だけど。

「パーティには呼ばれないだろうが、謁見を強要はされるかもしれない。その時には怪我が痛むと言ってアーセン夫人についてきてもらえ」

「ええ」

彼は俯《うつむ》きかけた私の頬に手を添えた。

ビクッとしてしまったが、メイド達が見ているので臑を蹴るどころか逃げることもできない。

「すぐに戻る。戻れない時にはテオールを戻す。たった二、三日だ。お前なら乗り切れるだろう。負けることは悔しいことだろう?」

「……戦いに行くわけではありませんわ。留守番だけですもの」

「そうだな」

彼はスッと顔を近づけて私の頬にキスするようなフリで自分の手の甲にキスした。見ているメイド達には頬にキスしたと見えただろう。

「もう蹴られるのは御免だが、これくらいは許せよ」

耳元でそう囁いてから顔を離した。

「抱き締めたいが、傷に障っても困るので、これくらいで我慢しよう」

今度は他の人に聞こえるように言ってから、出て行こうとした。

「フォーンハルト様」

その背中を見た時、どうしてだか無意識に彼の名前を呼んでしまった。

「何だ？」

「……気を付けて」

たった一言、ありきたりのセリフなのに、どうしてそんなに嬉しそうな顔をするの。そんなに喜ばれると却《かえ》って照れてしまうじゃない。

「行ってくる」

手を上げて微笑んでから、再び背を向けて彼は出て行った。

いなくなる、と思ったら寂しくなってしまった。もしかしてまた襲われたらと思ったら心配になってしまった。

こちらから抱き着いてしまいそうだった。

「ロザリー様、大丈夫ですよ。北の鉱山への視察ですから。殿下は心配されたくて思わせ振りに言っただけですわ」

アーセン夫人はそう言ったけれど、不安は募った。

だって、彼は南に狩猟に行った時に襲われたのよ？　王城から離れたらまた襲われるかもしれない。鉱山って人の少ない場所でしょう？　人の目がないところでは何をされるかわからないわ。

「新しい本をお持ちいたしますわ。昨日のことでまだお疲れでございましょう。今日はゆっくりとお部屋でお過ごしくださいませ」

「ありがとう」

メイド達がドレスを隣室に運び終え、次々に去ってゆく。

新参のメイド達が全て出て行き、いつものメイドも出て行こうとした時、先日パーティの招待状を持ってきたあの侍女がやってきた。

「お忙しいところ失礼いたします」

人が出入りしていたので開いたままだった扉に向こうから挨拶する。

「入ってよろしいでしょうか？」

彼女は私ではなくアーセン夫人に訊いた。

「どうぞ、お入りなさい」

上から目線の言葉に彼女の顔が一瞬強《こわ》ばったのを、私は見逃さなかった。この侍女はアーセン夫人と同格か、それ以上だという自負があるのかも。

それとも侍女同士ではなく私ごときの侍女に、ということかも。どう考えても彼女は現王妃付きの侍女だろうから。

「お手紙をお届けに上がりました」

先日と同じように、綺麗な封筒がアーセン夫人に渡される。

「返事は必要ですか？」

と夫人が訊くと、侍女はにやりと笑った。

「お答えは一つですから、お返事は必要ないかと。それでは失礼いたします」

それだけ言うと彼女はすぐに出て行った。メイド達も全員出て行き、部屋には二人きりになる。

「アーセン夫人？」

「私が開けてもよろしいですか？」

「もちろん」

許可を得て、彼女が封を切り中を読む。

「王妃様からね？」

「はい。明日のお茶会への招待状です」

「私は怪我が……」

「着席のお茶会ですので、傷には障らないだろうとあります。ドレスコードは書かれておりませんが、正装で行かれるのがよろしいでしょう」

「アーセン夫人も同伴してくださるのよね？」

「申し訳ございません。私には招待状がないので同席はできないかと」

「ええ……っ？」

「公式のパーティでしたら、私も子爵の妻、出席する方法はあるでしょう。ですがこれは王妃様主催のお茶会。選ばれた者しか出席できません」

「ということは、出席者は全員王妃様の味方、ということね？」

「全員ということはないでしょう。それではあからさま過ぎます。ですが王妃様に文句の言えるような立場の者はいないと思います。フォーンハルト様がいなくなった途端に仕掛けてくるとは。本当にあの性悪な牝狐《めぎつね》は……」

アーセン夫人は本当に王妃が嫌いなのね。

「取り敢えず、ドレスが間に合ってよかったですわ。ロザリー様はよいお家で働いていたようでマナーに心配はないでしょう。ですがお心だけは強くお持ちください」

気が重い。

でも王妃の誘いを断る権利は今の私にはない。だからあの侍女は勝ち誇った顔をしていたのだろう。

私を見ない侍女。

このお茶会は私を苛《いじ》めるために用意されたものだろう。

ダンスの時のように恥をかかせたいのだ。ひいては私を選んだフォーンハルトを。

「いいわ。それじゃこちらも少し準備をしましょう。アーセン夫人、手伝ってください」

どんなに自由に過ごしていても私は王女。他人に侮られることをよしとするような性格ではないのよ。

これが戦いなら、必ず勝ってみせるわ。フォーンハルトのためにも。


翌日の支度は、私もやる気で整えた。

湯浴みは朝にして、バラの香油を落としてもらう。香水は使わず髪にも香油を塗ってもらった。

香水は流行があるからヘタなものをつけていると流行遅れだの趣味が悪いと言われるからだ。バラの香りを嫌う者はいないだろう。

ドレスは高級なレースを使っているけれどデザインはおとなしめの淡い藤色のドレスに

ぎず、だ。

した。デザインが地味と言われても、使われているものは高級品、色も派手過ぎず地味過ぎず、だ。

装飾品の用意はあまりなかった。

まだ正式な婚約者ではないし、フォーンハルトも私のために散財することはできなかったのだろう。

なので、ドレスに合わせた藤色の、こちらは濃い藤色と白の細いリボンを何本もカールさせて髪に交ぜこんだ。

これは以前お姉様がしていた装いだが、こちらの国では見たことがないようで、アーセン夫人も支度を手伝ってくれたメイド達も大絶賛だった。

「長いロザリー様の髪によくお似合いですわ」

「ええ、こんなの初めてです。黒髪は重たくなりがちですが、これなら色々バリエーションも考えられますわね。素敵ですわ」

「完璧、ですわね」

お世辞も入っているだろうけれど、評判は悪くない。

迎えに来たいつもの侍女も、一瞬目を見張ったもの。もちろん、褒め言葉はなかったけれど。

「それでは、ご案内いたします」

その侍女に案内され、広い王城を進む。

帰りにも案内がつくかどうかわからないのでしっかりと道を覚えておいた。

到着したのは広いサロンだった。

部屋の半分は天井にガラスがはまっていて温室のようになっている。ガラスは貴重品なのだけれどどこれだけふんだんに使えるのは工業国のクレスタならではだろう。

溢れるような光の下、幾つかのテーブルがセッティングされ、年齢も様々な貴夫人達が既に着席している。

どうやら私は一番最後だったようだ。

王妃としてはあまり品がないが、ご本人にはよく似合っている真っ赤なドレスを着たナタリア妃がにこやかに私を迎えてくれた。

「いらっしゃい、ロザリーさん」

「この度はお招き預かりまして、ありがとうございます」

スカートを摘まんで頭を下げる。

「今日は気軽な集まりなの。どうぞ楽しんで行って頂戴。皆さん、彼女はフォーンハルトが選んだ女性のロザリーさんよ」

「お家のお名前は何とおっしゃるのですか？」

「彼女は貴族ではないので、家の名前など聞いても仕方がないですわ」

早速貶《おとし》めに来たわね。質問した女性もわかっていて訊いたのだろう。私は何も言わず、肯定するようににっこりと笑った。

「さあ、あなたは私と同じテーブルへどうぞ」

王妃と同じテーブルというのもキツかったが、円形のテーブルの私の席の正面には、アルメリアが座っていた。

うわぁ……。

気まずいことこの上ないわ。

でも私に声を掛けてきたのは彼女でも王妃でもなかった。

「ロザリーさんは歌劇はお好きかしら?」

まずは右隣りのブルネットの女性。私より年上の奥様族ね。

「ええ」

「ではグロリッサとハーモンとどちらがお好き?」

どちらも歌劇の作曲家の名前だ。知識がなければ何のことだかわからないだろう。

「私はハーモンの方が好きですわ」

「まあ、どうして?」

「ハーモンの曲は管楽器を多用していて勢いがあるのが好きなのです。もちろんグロリッサの弦楽器を用いた静かな曲も素晴らしいと思いますわ」

その二人の作品はうちの国でもよく上演されていたので助かったわ。

さらりと私が答えたので、彼女は意外そうな顔をした。

「そのドレスはどちらでお作りになったの？」

今度は左隣の金髪女性。

「わかりませんわ。私、こういうものには疎くて。これはフォーンハルト様がご用意くださったものなのです。スレイ産のレースが使われてると教えられましたけれど、私にはその価値もわからなくて」

自国のデザイナーの名前なら、作ってもらったことがなくても知識として知っている。けれど他国のデザイナーまでは網羅していないので、ここは早々に白旗を上げておいた。

ドレスはフォーンハルトが選んだと教えたのは、文句をつけられないようにするためだ。このドレスを貶《けな》すということは王子の趣味を貶すということになるから。

そしてさりげなく高級品が使われてることもアピールした。

「女性としてファッションに興味がないのはよくないわね」

王妃がさりげなく話題に加わる。

「はい。これから精進させていただきます」

私は素直に負けを認めた。

「王妃様のセンスは素晴らしいですもの、色々と教えていただきたいですわ。その指に嵌《は》まっている指輪も、特別なものなのではございませんか?」

比較的新しいデザインの指輪を見る。

「ええ、よく気づいたわね」

「素晴らしいものは無知な者にもわかりますわ。それは特殊な水晶ですわね」

「水晶ですって? あなた、ナタリア様をばかにしているの? 王妃様がそんな安物を身につけてらっしゃるわけないでしょう」

宝石の中でも水晶は比較的簡単に手に入るからの言葉なのだろうけれど、実際水晶を付けている王妃をばかにしているのはあなたになるのじゃないかしら?

「ええ、水晶は高価なものではありません。でも王妃様の指輪は水晶の中に特殊な鉱物か何かが入っているのでしょう。非常に珍しいものだと思います。空気や水などが入ったものもありますが、こんなに美しく異物が入ったものはありませんわ。どちらでお求めになったのですか?」

「これはグ……、あなたのような人間に手が届くものではないわ。でもあなた宝石に詳しいのね」

『グ』? どうして言い止めたのだろう。

「いいえ、詳しいわけでは。ただ以前聞いたことがあるだけです。そういう美しい内包物がある水晶は珍しいと」

「でもこれが水晶だとはわかった」

「そちらの方がおっしゃったように、水晶は私の目に触れることもある宝石ですから」

水晶が安物、と指摘した女性は機嫌を窺うように王妃を見たが、彼女は意にも介さぬ様子だった。

「ただ高価というだけで装飾品を選んでいないというのは、素晴らしいですわ」

彼女のためになるかどうかわからないけれど、一応フォローっぽいことだけは言っておいた。

「それに、その隣の指に嵌めてらっしゃるのは高価なものなのでしょう？」

「ルビーとダイヤよ」

「赤いドレスによくお似合いですわ」

「お世辞は上手いようね」

「あなた、馬には乗れる？」

別の女性が尋ねる。

「少しでしたら」

「それなら、今度狩りにも参加なさるといいわ」

「ありがたいお誘いですが、私はまだ怪我がありますので」

「傷は残るの？　あなた、傷物になってしまったのね」

「医師は治すと言ってくれました。あなた、お名前は？」

「は？」

「今私に対して失礼な物言いをしたことがわかってませんの？」

「だから何？」

「私に失礼なことを言った人の名前を覚えておきたいのです。無礼な人には礼を返す必要はないので」

　自分より格下の人間が反論するとは思っていなかったのだろう。彼女は怯《ひる》んで目を泳がせた。

「私の名前を聞いたからって、あなたに何ができるわけでもないわよ」

「ちょっと、フォーンハルト様に言い付ける気？」

「いいえ。これは私に向けた侮辱ですから、彼には関係ありませんわ。非礼を詫《わ》びるのでしたら受け入れます。ですがこのままにするならお名前を教えてください」

「平民のあなたに名乗る名前なんてないわ。無礼なのはあなたでしょう」

「そうでしょうか？　あなたは王子を守って怪我をした女性に『傷物』と言いました。でも私は名前を聞いただけです。どちらが無礼なのでしょうか？」

「おやめなさい」

　私達の会話を止めたのは、王妃ではなくアルメリアだった。

「王妃様の御前での言い争いは二人共無礼ですよ。ロザリーさん、身分が下の者が上の者に名を尋ねるのも無礼なことです」

「私は王妃様の招待客なのに、どなたも名乗ってはくださらない。それも無礼では？」

「あなたは口が達者なようね」

「理を通しているだけですわ。アルメリア様。けれどこの国ではそれが無礼になるというのでしたら覚えておきます。身分が上ならば他人を侮辱してもよい。謝罪も必要ない。王妃様の招待客に名乗らなくてもよい。それでよろしいですか？」

「あなたは、随分と思い上がっているようね」

「いいえ、私は何者でもありませんので、自分の考えを述べるのみですわ」

アルメリアはキッと私を睨《にら》み付《つ》けた。

「王妃様、彼女はまた傷が痛むようですわ。お話をするのはまた後日になさった方がよろしいかと」

「そうね。大事をとった方がいいわね。下がっていいわ、ロザリー」

腹は立つけど王妃の前で口論はできない。さっき自分が注意したばかりだもの。

貴族の令嬢に謝罪もさせられない。させれば恨みを買う。

だから問題の根源である私を排除しようというのだろう。そして王妃もいじめ甲斐がなさそうだから私は用済み。

「お心遣いありがとうございます。それでは私は下がらせていただきます」

私は私に暴言を吐いた女性を見て、にっこりと微笑んだ。

「お名前は伺えませんでしたが、お顔は覚えましたわ。侮辱されたくないので、今度からは近づかないようにいたします」

彼女は顔を引きつらせたが、何も言わなかった。

私は席を立ち、王妃に頭を下げるとその部屋を出た。

お茶もお菓子も口にしないうちに追い出されてしまったわね。それにやっぱり帰りに案内してくれそうなメイドは見当たらなかった。

「この国の貴族令嬢がみんなあんなじゃないと思いたいわ」

ため息をつくと、私は部屋へ戻る道を思い出しながら歩きだした。

これでもう呼ばれなくなるといいな、と思いながら。


けれどそれは甘い考えだった。

夜になると、今度はサロンへの招待状が届いたのだ。

「サロンと御茶会はどう違うのかしら？」

「御茶会はテーブルについてお茶をいただきながらお話をします。サロンは席次が決まってはおらず、部屋の中で自由に動いて交流いたします」

「正装？」

「もちろんです。王妃様のサロンですから」

また同じことをしようというのかしら？

もう飽きてくれればいいのに。

欠席したいけれど、断ればまた何か言われるのだろう。

仕方なく、私は翌日もあの侍女の迎えを受け、サロンへと向かった。

今日の装いは、香油はゼラニウム、ドレスは濃い緑に白いフレア、髪にはまた同系色のリボンを交ぜた。

構えて行ったのだが、サロンは御茶会とは違っていた。

今回はどうやら私のためのものではなく、元々開催される予定だったものに私を呼んだらしい。

広い部屋に点在して置かれた長椅子とテーブル。それぞれに座って話す人もいれば立ったまま会話をしている人もいる。

王妃もいたけれど、今回は私を迎えるようなことはしなかった。

ちらりとこちらを見て笑みを浮かべたが、すぐに自分の取り巻きらしい女性達と話を始めた。

あれかしら？　今回は無視の方向で行くのかしら？

それならそれでいいけれど。

私は誰も座っていない部屋の隅の椅子に腰掛けた。

「ロザリーさん」

すると、すぐにアルメリアが取り巻きを連れてやってきて、私の前に立った。

「御機嫌好う、アルメリア様」

「少しあなたに訊きたいことがあるの」

「何でしょう？」

彼女はフッと冷笑を浮かべた。

「あなた、フォーンハルト様の命を救って怪我を負ったそうね」

「はい」

「それ、自作自演だったのではなくて？」

「自作自演？」

「彼を襲った人間と仲間なのじゃないかと聞いたのよ。彼を助けて怪我をすれば彼に恩が売れるから」

この人は……、知らないのかしら。彼を襲ったのが誰なのか。

しら？」

「そんな都合のいい偶然があるかしら。平民のあなたがたまたま王家の狩場にいて、たまたま王子を助けたと？　だとしたら、あなたはどうして王家の狩場に足を踏み入れたのかしら？」

「はい」

「偶然だというの？」

「違います」

「王家の狩場とは知りませんでした。森で道に迷っただけです」

「森で道に迷った。あなたメイドだったという噂を聞いたのだけれど、メイドが森へ入る理由って何かしら？」

「花を摘みに入ったのですわ」

「花ねぇ……。あなたが彼を助けたりしなかったら、彼はあなたなど選ばなかったでしょうね」

全く信じていないわね。

「それに怪我をしたと言っても、大したことはないのじゃなくて？　こうしてお元気なのですもの」

取り巻きの一人が厭味ったらしく言った。

「ねえ、いくら出したら消えてくださるの？　王子の妻になるなんて夢よりお小遣いをもらって身を引く方がいいのじゃなくて？」

「およしなさいな。また侮辱したと凄《すご》まれるわよ。この方、とても怖いのだから」

取り巻きの厭味を、アルメリアが厭味で止める。

「昨日のことですわね。私、違うテーブルでしたけれど見てましたわ。まるでもう自分が王族であるかのような振る舞いでしたわ」

この国のではないけれど、王族ですから。

「やっぱり色々企《たくら》む方は違うわ」

全員がクスクスと笑った。

意地が悪いわね。

「ロザリーさん。あなたは殿下の命の恩人かもしれないけれど、あなた自身に魅力などないのよ。身の程をお知りなさい」

彼女は私を睨みつけると、ふいっと顔を背けて取り巻きと共に離れていった。

やれやれだわ。

昨日は強い態度に出てこなかったからおとなしい女性なのかと思ったけれど、あれは王妃の前だったからなのね、私に嫉妬していると思われたら、まだフォーンハルトに未練があると思われて、ベオハルトの母親である王妃への心証が悪くなるものね。

乗り換えたのならベオハルトに集中してくれればいいのに。

あんな性格ならフォーンハルトが選ばなくて当然だわ。

「ロザリーさん、でしたわね。お隣、よろしい？」

また新しい女性がやってきて、今度は私の隣に腰を下ろした。

「私はジュリエッタ。オルマ伯爵の妻です」

「初めまして、ロザリー・ルベスです」

彼女が名乗ったので私も名乗ると、ジュリエッタは優しく微笑んだ。私よりも少し年上かしら、とても落ち着いた雰囲気の方だわ。

「私に話しかけて大丈夫ですか？　他の方に何か言われるのでは？」

「心配してくださるの？　でも平気よ。何か言われたら、あなたに厭味を言っていたと言うわ」

と言うことは……。

「あなたとお話をしたかったの。普通に」

「私に、ですか？」

「ええ。殿下が選んだ方と親しくなりたい、という下心がありますの」

彼女はいたずらっぽく笑った。

「私が平民であっても？」

「足りないものがあるのでしたら、今からお勉強なさったらよろしいのですわ。私は殿下の目を信じておりますから、ロザリー様にはきっとよいところが沢山あるのでしょう」

この国の貴族令嬢が王妃やアルメリアみたいな人達ばかりでなくてよかったわ。

「先ほどアルメリア様がいらしてましたけれど、随分と嫌な思いをされたのでは？」

「いいえ。言葉だけですから」

「ロザリー様はお強いのですね、私はだめですわ」

「だめ？　何か言われたのですか？」

「私の夫はフォーンハルト派なのです。ですから王妃様にはあまり快く思われていないようですの。ですからいつもはサロンも遠慮していたのですが、今回はロザリー様がいらっしゃると伺って、一度お話がしてみたいと」

「まあ、そうでしたの。ではどうかフォーンハルト様のお力になってくださいね」

王妃によく思われていないということは、彼女の夫は数少ないフォーンハルト派を公言している人なのだろう。

「ジュリエッタ様、私は何も知らないので、よろしかったら色々と教えてくださいな」

「私にお教えすることがあれば何でも」

そこで私はあることを思い出した。

昨日、王妃の漏らした一言。

「ジュリエッタ様、一つ伺ってよろしいかしら」

「何でしょう？」

「高価な品や貴重な品を入手できる『グ』の付く方と言ったらどなたを思い出します？」

「高価な品や貴重な品を入手できる『グ』の付く方ですか？」

彼女は顎に指を当て少し考えるように目を泳がせた。

「グルベス侯爵とか、グークタルト伯爵とかですかしら？　そのお二人でしたら裕福な方々ですから、高価な品も手に入れることができると思いますわ」

貴族、ね。でもそれなら言いよどむ必要はないわ。貴族が王妃に贈り物をするのは普通のことだし、むしろあの王妃ならばそれを自慢するだろう。

「ご本人が手に入れるのではなく、その方から品物を譲っていただくというか……」

「ああ、商会ですのね。一番高価な品や貴重な品物を扱っているところというと、アスカート商会ですが……、『グ』が付くというとグリンザム商会ですかしら？」

「グリンザム商会……」

商会からの贈り物はまずいかしら？

「どんな商会なのですか？」

「あまり大きな商会ではなかったのですが、騎士団への備品納入が決まってから急成長しているようです。貴族の中でも最近は取引しているところも多いようですけれど」

大きな商会ではなかったのに騎士団の備品納入？

それはとても怪しいわね。

「王妃様も取引なさっているのかしら？」

「王妃様がお使いになることはないと思いますわ。王家のご用達《ようたし》は老舗のアスカート商会ですから」

取引がないのならそこも違うわね。

「でもベオハルト様はグリンザム商会の息子さんと親しいので、時々お城でも見かけますわね」

ん、ん、ん？

商会の息子とベオハルトが仲がいい？

取引はないのに城に呼ぶ？

何か引っ掛かるわ。

「でもロザリー様が何かお買い求めになるのでしたら、やはりアスカート商会の方がよろしいかと。何れ王族になるのですから」

「ああ、いえ。私は何も買いませんわ。ただ人から高価な品物を扱っているところを聞いたのですが、最初の一文字しか聞こえなかったので、どこのことだったのだろうと気になっていたのです」

「ああ、そうでしたか。でもフォーンハルト様におねだりすれば何でも買っていただけますわよ」

悪気のない言葉だけれど、私は首を振った。

「王子の使うお金は民の税金ですもの、無駄遣いはいけませんわ」

「目移りしません？　皆さんが装っているのを見て」

「皆様のお姿は目の保養ですわ。楽しませていただいております」

彼女は少し驚いた顔をしてから、ふっと笑った。

「私、ロザリーさんのことが好きになりそうだわ。もしお怪我が治って城の外へ出られるようになったら、是非我が家にも遊びにいらして」

「ありがとうございます」

「他にも、フォーンハルト様を応援してらっしゃる方はいらっしゃるのよ。皆さんにも、ロザリー様が素敵な女性だと知らせておくわ」

「いえ、そんなことは……」

私は本当にフォーンハルトと結婚するわけではないのです。継承問題が解決するまでの偽りの婚約者なんです。

言えない言葉が頭に浮かんだ時、胸に不思議な寂しさが過った。

「ロザリー様？」

寂しい？　どうして？

「私はまだ婚約も正式には認められておりませんし、あまり人の口に上るのはよいこととは思えないので」

「不思議な方ね。普通なら、もっと王子に選ばれたことをご自慢なさるのに」

選ばれてはいないんです。

これはお芝居なんです。

彼は私を好きだと言ってくれたけれど、あれは私をその気にさせて芝居を続けさせようとしているのだとしか思えない。

だって、彼が私を好きになる理由が『バカだから』なんですもの。からかわれているとしか思えないわ。

「物事が正式に決まるまでは、変化もありますわ。もしかしたら、お気持ちが変わられることもあるかもしれませんし」

私の役目は彼と結婚するようなフリをしながら、いつか消えてしまっても怪しまれないようにすること。

「まあ、そんなことを心配なさっていたのですか？　私が知る限り、フォーンハルト様が自ら女性を伴ってパーティに出席したのはロザリー様が初めてです。婚約者の候補は何人か名前が上がりましたが、その方達と親しくなさったという話も聞きません。殿下はただ一人ロザリー様を選んだのですから、もっと自信をお持ちください」

ジュリエッタの微笑みが胸に痛い。

「そうですわね。あの方を信じないと」

信じてなんかいない。

でもここで笑い返すのが私の役目。

「そうですわ」

「そういえば、私宮中のファッションについては無知なのです。よろしかったら今の流行など教えていただけません？」

アルメリアにケンカを売られた時よりも、フォーンハルトのことを話されることの方が辛くて、私は話題を変えた。

「ジュリエッタ様の今日のドレスもとても素敵ですわ」

今は彼のことを考えたくなくて。


ジュリエッタがいてくれたお陰で、サロンは無事乗り切ることができた。

話題をファッションのことにしてから、彼女が他の方達にも声をかけてくれて、何人かの方達と言葉を交わすこともできた。

場の中心はもちろん王妃とアルメリアだったけれど、中心になりたかったわけではないのでまああの結果だろう。

終わって部屋へ戻ると、アーセン夫人が労《ねぎら》ってくれたけれど、私は疲れを理由に一人にしてもらった。

楽な部屋着に着替え、誰もいない部屋を見回してため息をついた。

私がこの部屋にいられるのはいつまでなのだろう。

この部屋を去ることを考えると寂しく感じるのは何故だろう。

フォーンハルトは私の正体を知らない。森で迷ったメイドに過ぎないと思っている。そうでなければ勝手に私をここに連れて来るはずがない。

王女を攫うなんて国交問題になると想像できない人ではないもの。

もしかしたら……。

もしかしたら、彼の言葉に少しの真実があるかもしれない。彼が私を好きだというのは嘘ではないかもしれない。

私と本当に結婚するつもりがあるのかも。

でも、それは叶わない。

私は国に帰らなければ。

未だ大きな騒ぎにはなっていないようだが、それはここが違う国だからで、今頃母国では大騒ぎかも。

たとえ相手が王子だとしても、そんな中で結婚なんてしたら、誘拐され無理やり結婚させられたと思われてしまうだろう。

そうしたらフォーンハルトに迷惑がかかる。

自分の身分を明かさず、このままロザリーとして結婚する？

それも無理だわ。王族の結婚ともなれば隣国の王族が招かれないわけがない。どのお兄様がいらしても、お姉様がいらしても、すぐに私とバレてしまうだろう。

そうしたら結果は同じだ。

彼が好きなのは、身分のないロザリーという娘かもしれない。だとしたら私が王女とわかった途端嫌われるかも。

彼は他国の力は借りたくないときっぱりと言っていたもの。

いろいろと考えを巡らせながら、私は自分の中に『フォーンハルトと結婚したい』という気持ちがあることを自覚した。

強引で、ひとをからかってばかりで、困った人だと思っていた。

でも彼は尊敬すべき人でもあった。

王として国のことを考え、味方に迷惑のかからぬよう一人で戦い、そのことで愚痴を零すこともしない。

私に対しても、平民相手に誓約書を書いたり、協力を強制するのではなく懇願した。公正な人なのだ。

……キスされたことは怒るべきことだけれど。

でも、嫌悪感はなかった。

あれがベオハルトやテオールだったら、きっと私はこんなに平静に受け止めてはいられなかっただろう。とっくにここを逃げ出していたかもしれない。

あの時には、もう彼を好きだったのかも。

フォーンハルトが好き……。

雨の中、みすぼらしく佇《たたず》む私にマントを貸して一晩の宿を提供してくれた。男達の中に泊まらせるからと主である自分が盾となって守ってくれた。

怪我を負った私を自分の館に連れて行き、医師を呼んで手当てをしてくれた。

少なくともここまでは、彼の頭の中に私を利用しようという考えはなかっただろう。

あれが彼の真の姿なのだ。

でも、やはり彼の言葉の全てを信じることはできない。

私が、彼にとって利用価値のある人間だから。彼は自分が王になることを願っているから。その大義の前でなら、私ごときを騙《だま》して芝居をさせることはあるかもしれない。

信じても、自分の正体がバレれば彼の言葉は一瞬にして消えてしまうかもしれない。

不安と混乱。

気が付くと、私は泣いていた。

頬を伝う涙の意味はわからなかったけれど、一人きりの部屋がとても広く感じるほど、寂しかった。

「フォーンハルト……」

これからどうするべきなのかも、わからなかった。


サロンの翌日は、医師が診察に来ることになっていたので、お誘いがあっても断るようにとアーセン夫人に伝えておいた。

幸い招待の手紙は来なかったけれど。

診察した医師は、私の怪我が順調に治っていると言ってくれた。

「お怪我をしてすぐに処置されたようですから、それがよかったのでしょう。それにロザリー様もお若いですし、時間はかかるかもしれませんがこのままでしたらきっと痕も残らないでしょう」

「毒の方は……?」

「すっかり抜けていると思います。ご心配でしたら、今暫く解毒用のお茶をお続けください。ですが、もうご自由に動かれてもよろしいですよ」

「馬にも乗れます？」

「よろしいでしょう」

思えば、怪我をしてからもう一カ月近くが経っていた。

もう一カ月、まだ一カ月。どちらなのかしら。

ここでの暮らしに慣れないうちに出て行くべきよね。フォーンハルトがいない間にここを逃げ出すべきかしら？

馬に乗れるのなら、馬を奪って国境まで走らせれば……。

だめね。馬屋の場所も知らないし、私がいなくなったらアーセン夫人が責任を問われてしまうわ。

「経過がよろしくてよかったですね。新しい本をお持ちしましたから、本日はお部屋で過ごしましょう」

こんなに親身になってくれるアーセン夫人を辛い目にあわせるなんてできないわ。黙って消えたら彼に嫌われるかもしれないし……。

いいえ、もう会うことはないのだからそれはどうでもいいのよ。

逃げるなら、テオールに相談してからにしよう。彼ならきっといい方法を考えてくれるわ。他の人に迷惑をかけないような。

その日はアーセン夫人の持ってきてくれた本を読んで穏やかに過ごした。

ただ本を読むだけなので、夕食後には早々に彼女には引き取ってもらった。

一人になると色々と考えてしまうかと思ったのだけれど、幸いにも彼女の持ってきてくれた本がとても面白くて、余計なことを考える暇はなかった。

気が付くと、メイドが夜の湯浴みの手伝いに訪れたので、お風呂に入って寝間着に着替えた。

まだ本が読み終わっていなかったので、そのままベッドには入らず続きを読み始めた。

物語は英雄譚《たん》で、主人公が地下迷宮で小人の国や猫の国を巡るものだった。終わり近くになって竜の国へ迷い込んだ主人公は、竜の王に自分が前王の息子で、悪政を強いる王を倒す存在だと教えられる。

悩みながらも民のために地上へ戻ることを決意したところまで読んだ時、ノックの音が聞こえた。

「はい、どうぞ」

明かりが点いていることに気づいてメイドが様子を見にきたのかしら？

そう思ったから入室を許可したのに、入ってきたのはフォーンハルトだった。

「起きていたか」

「フォーンハルト様」

たった三日会わなかっただけなのに、その顔を見ると喜びが溢れる。

けれど入ってきた彼は扉を閉めると私に背を向けた。

「フォーンハルト様？」

「何か羽織るといい。その姿は刺激的過ぎる」

指摘され、自分が寝間着姿なことに気づいた。

「お、お待ちください」

慌てて立ち上がり、ベッドの上に置かれていたガウンを纏い、しっかりと帯を締めた。

「どうぞ」

と言ってから、彼をすぐに部屋から追い出すという選択肢もあったことに気づいた。

もう遅いけれど。

フォーンハルトはすぐには近づいて来ず、テーブルの上に置いた私の読んでいた本を手に取った。

「『グリュムの決意』か。子供の読む本だな」

「アーセン夫人が持ってきてくださったのですわ。とても面白かったです」

「彼女はお前のことをよくわかってるな。恋愛小説ではなくこの本を持ってくるところが。竜王の最期は俺も……」

「ああ、待って！　ダメ！　私まだ最後まで読んでないんです」

慌てて彼に駆け寄り本を取り上げる。

「楽しみを奪わないでください」

「それは悪かった」

彼は素直に謝罪し、疲れたようにドサリと近くの椅子に腰を下ろした。いつもならもっと近づいて来るのに。

「お疲れですか？」

と訊くと、彼は顔を上げ笑みを見せた。その顔にも疲れを感じる。

「馬を飛ばしてきたからな。お前に早く会いたかったんだ。報告を受けたが、王妃の茶会とサロンに呼ばれたそうだな」

「はい」

「城から追い出された時に想像はしていたが、たった数日の間にやってくれるものだ。辛い目にあわなかったか？」

「厭味は言われましたけれど、気にはしませんわ。それに悪い人ばかりでもありませんでしたし」

「お前は強いものな」

今度はちゃんといつもの笑顔になる。

「……お茶でも運ばせましょうか？」

「いや、こんな遅くに私がここにいることを知られるのはお互い困るだろう。このままでいい。だがブーツだけは脱いでいいかな？」

「もちろんですわ」

乗馬用のブーツも履き替えず、真っすぐ私の所に？

「視察はどうでした？」

ブーツを脱ぐ彼を見て、せめてもと水差しの水を移したグラスを渡す。彼は一口だけ飲んでグラスをテーブルに置いた。

「視察自体は何事もなかった。目的は俺をお前から引き離しておくことだからな」

「殿下という保護のない間に私を苛めて追い出そう、と？」

「その通り。もしかしたら、お前が泣きながら逃げ出しているのではと不安だった。いや、お前なら泣きながらではなく、怒ってかな？」

「私は約束を簡単に反故《ほご》にはしませんわ」

逃げ出そうかと考えたことは内緒だ。

「そうか」

私が長椅子に腰を下ろすと、彼は座っていた椅子を立って私の隣へ移ってきた。

「おとなしくしているから、蹴るなよ」

そして私の怪我をしてない方の肩に頭を載せた。

「早くお前を自由にしてやりたいとは思っている。このままではあの女がお前に何をするかわからないからな。身分のない者と婚約したと知ったら安心してかかわってこないだろうと思っていたんだ。まさかそれでもちょっかいをかけて来るとは」

「私は気にしませんわ」

「今は、な。お前のことだからケンカを売ったんじゃないか？」

「ケンカなんて売りません。ちょっと反抗はしましたけど」

「俺を推すと言っただけの者の役職を解いた話はしただろう？　いや、俺の命を狙った人間だ。しかも確実に仕留めるために毒まで使った。無視して蔑《さげす》むだけなら安全だと思っていたが、興味を持たれたのなら危険だ」

彼の手が、私の手をそっと握った。

「すまない。だがどうしても尻尾が摑めないのだ。王妃派の貴族は全員調べた。だが、裏の仕事をするような人間はいなかった。ただ彼女から利益を得ようと群がっているだけだった。その連中にばら蒔《ま》いている金品の出所もわからない。それがわからなければ何度でもあの女は人を襲うだろう」

金品の出所……。

「フォーンハルト様、訊いてもよろしいですか？」

「何だ？」

「騎士団の備品の納入業者というのはどうやって決まるのですか？」

彼は頭を離して起き上がり私を見た。

「突然奇妙なことを訊くな。それは財務の担当官が決める。非公開の入札で、大抵は再安値のところだな。だが品質に問題があれば最低価格以上でも選定されることもあるな」

「その財務の担当官は王妃派なのではありませんか？」

「ハント子爵か？　そうだが、それが何か？」

「これは私の勝手な想像ですが、調べてみるべきかもしれません」

私は王妃のお茶会で王妃が漏らした『グ』という一言について話した。

高価ではないけれど貴重な品を贈られたらしいのにその送り主を『グ』という一言以外口にしなかったこと。

新興のグリンザム商会が騎士団の備品の納入業者に決まってから勢力を伸ばしてきたこと。

王妃はグリンザム商会と取引はないが、ベオハルトは商会の息子と仲がよく城に招いている。それほど仲がよければ取引があってもおかしくないのに、取引がないのは却っておかしい。

まるで、自分たちに繋がりがないとアピールしたいかのようではないか。

「グリンザム商会に対する利益は、表立って王妃が動かないようにしているのかもしれません。後で利益を分配するから動いてくれと、別の人に働きかけているのかも」

「目立たぬ小さな商会がどうやって王妃と繋がる？」

「ベオハルト様と商会の息子が友人だったのは本当なのかも」

「でなければベオハルトが街に遊びに出た時に金銭の供与があったか。煽《おだ》てて金を渡せば友人にはなれるだろう」

「ベオハルト様はそんな方なのですか？」

「残念ながらな。繋がりがある者ばかりを調べていたが、繋がりがない者こそを調べてみるべきかもしれないな。グリンザム商会はあまり評判もよくはないし」

「目を付けていらしたのですか？」

「いや、だが国内の主だった商会については調べてはいる。商売は国の要《かなめ》だからな」

それまでそっと握っていた手を、彼は強く握った。

「よく気づいてくれた。すぐに調べてみよう」

嬉しそうな笑顔を見せる彼を見て、切なくなってしまう。

「もしこれで王妃様達の悪事の証拠を摑むことができたなら、私の役目は終わりね」

「ロザリー？」

「これからは、どうやってあなたの名誉を傷つけずに私がいなくなるかを考えないと」

彼の手から手を抜こうとしたが、彼はそれを許さなかった。

指を搦《から》めるようにしてしっかりと握り直す。

私を見るその顔から喜びの表情が消え、険しくなる。

「まだ終わらない」

「今はね。でもそろそろ幕引を考えないと」

「何故」

「何故って……」

フォーンハルトは身体ごとこちらに向いた。

「ついさっき自由にしてあげたいって言ってくれたじゃない。それは私をここから逃がしてくれるという意味でしょう？　お役御免にしてくれるという意味じゃないの？」

私が言うと、彼は困った顔をした。

「そうだな……。お前をここに残しておくのは危険かもしれない。それでも、お前にはここに残って欲しい」

「残って何をするの？」

「ここに残って俺と結婚すればいい」

「またそんな冗談を」

「冗談じゃない」

「では信じるまで何度でも言おう。本気で言っている。お前を自由にして、自由になったお前にここに残って欲しい。危険な目にあわせたくはないが、手放せない」

「どうして？」

「愛しているからだ」

見つめるその瞳に、からかう色は見えなかった。

「本気……なの？」

真っすぐな視線を信じたくなってしまう。

「少しは信じてくれるか？」

「あなたが私を必要とするのは、婚約者のフリをして欲しいからでしょう？」

「お前を引き留める理由にしただけだ」

「本当に私と結婚したいの？」

「したい」

ゆっくりと近づいた顔。

またキスされる、と身構えるとその唇は額に触れ、すぐに離れた。

「信じられないわ」

「俺はお前に振り回されてばかりだ」

「私に？　私は振り回したりしてないわ」

「思わせ振りな態度をされてばかりだ。だからお前を好きになっても、好きだと真剣に告げることはできなかった」

「思わせ振りな態度なんてしてません」

「してるさ。命懸けで私を助けたり、強引に城に連れて来て婚約者のフリをさせられても逃げないどころか陰謀究明の協力すらしてくれる」

「助けたのは人として当然のことよ。城に連れて来られた時は怪我で動けなかったし、婚約者のフリをしたのも正義のためよ」

目の前で動く彼の唇から目が離せない。

それがまた自分に近づくのではないかと思って。

「キスもさせてくれたし」

「足を蹴られたの忘れたの?」

「そう言っておきながらこんな夜中に部屋に入れてくれる。俺を好きなんじゃないかと期待させる。なのに俺のプロポーズを受け入れない」

「追い出して欲しいなら追い出すわ」

「追い出すな。少しでも私を好きなら」

動く唇が近づく。

握っていた手がほどけて頬を捕らえる。

「俺を好きなら、逃げるな」

「キス……、するの？」

「する。蹴るなよ」

ゆっくりと、ゆっくりと近づいてきて、あと少しというところで止まる。

「だめ……」

私が彼の胸を押し返したから。

「何故？　俺を好きじゃない？」

どうしよう。

嫌いと言うのは簡単だけど、嫌いと言いたくない。でも好きと言ってしまったら気持ちを止めることができない。

「どうしても信じられないの。あなたが私を好きだっていう言葉が。嘘だと思ってるわけじゃないけれど、もしそれを信じてやっぱり違っていたと言われてしまったら、とても悲しいわ」

「好かれなければ悲しいと思うのなら、俺を好きなんだ」

頬にあった手が、髪に差し込まれる。

ああ、だめ。

大きな手の熱に引き寄せられてしまう。

「ロザリー」

彼が私の名を呼ぶ。でもそれは偽りの名前。私の名前ではない。

「……離れて」

それを聞いて、心が決まった。

「ロザリー？」

「私の名前はロザリーではないわ」

彼の顔が離れる。髪にあった手も引き抜かれる。

全てを告げよう、正直に。

何もかも伝えて、彼の裁定を受けよう。

「平民でもないの。私は……、私の名はロザリナ・ルド・エリューン、ファンザムの十番目の王女よ」

彼の目が少し細まる。

突然何をおかしなことを言っている、と思うでしょうね。

「あなたのことは……好きよ。好きだけど、あなたと結婚することはできないわ。私はあなたに勝手に連れて来られた。国では今頃私を捜しているでしょう。もしあなたと結婚なんてことになったら、あなたは王女誘拐の犯人にされてしまうわ。この怪我のことだって、色々と訊かれるでしょう。だから役目が終わったら私を国へ帰して」

自分から逃れるためとはいえ、よくそんなデタラメをと怒るかしら？

けれども、もうあなたに嘘はつきたくないと思ったの。結婚はできないから、これで終わり。それなら最後に、あなたに本当の名前で呼ばれたい。

短い沈黙。

却ってきたのは思いがけない言葉だった。

「ファンザムでお前を捜しているかもしれないが、騒ぎにはならない」

「……え？」

「知っていた」

「フォーンハルト様？」

「お前がファンザムの王女ロザリナだということは知っていた」

「嘘！」

「本当だ」

嘘をついているようには見えなかった。彼の表情は怖いほど真剣だもの。

こんな顔、初めて見たわ。

「私が王女だと知っていたから、森で拾ってくれたの？」

「いいや。その時はまだ知らなかった。お前が王女だとわかったのは、お前が矢で射られた時だ。あの時怪我の手当をしたのは俺だった。服を裂いた時、服は粗末なものなのに下着は絹の最高級品だった。国境近くにファンザムの王女が住む城があることは知っていたから、これは王女がお忍びで出歩いていたのだろうと思った」

そんな前から……。

「その肩を切って、毒を吸い出したのも俺だ」

彼は傷のある方の肩を指の背で叩いた。

最初の処置がよかったと医師が言っていたけれど、彼がしたの？　って言うか、今肩を吸ったって……。

彼が私の肩に顔を埋める姿が思い浮かんで顔が赤くなる。

「お前がもし、俺をクレスタの王子として助けたのなら、隣国の王子の命を救うことに意味はある。だがお前は知らなかった。どこの誰とも知らない者のために命を賭けたのだ。王女としては愚行だ。何てバカだと思った」

彼が私を何度も『バカ』と言ったのはそれが理由だったのね。

「だがそのバカな正義感が愛しいと思った。知っての通り、俺の家族はあんなだし、国も王位継承者を巡ってもめている。そんな中、王女という地位にありながら何の見返りも求めず身を呈して人を救うために動いたお前に惹かれた。いや、初めて見た時にその美しさにも惹かれたことは白状しておこう」

からかうようにウインクしてみせる。

　重くなった空気が、それで幾分軽くなった。

「どうしてすぐに知っていると言わなかったの？」

「お前が隠したがっていたからだ。すぐに城へ送り届けてもよかったが、矢に毒が塗ってあった。矢傷だけなら狩りの途中の誤射と言い訳出来るが、毒矢ではお前を狙ったことを疑われる」

「私を狙ったわけではないわ」

「それを説明するためには、我が国の混乱を教えなければならない。ファンザムとは交流はあるが親しいわけではない。知られては困る」

　王位継承に問題があることぐらいはお父様も知っているだろう。けれど、それが相手を殺してまで、というほど揉《も》めていると知れば、色々と行動を起こさざるをえなくなる。

「傷の手当をするためには、あの館に呼べる医師では力不足だった。城で最高の治療を受けさせるためにはお前に『身分』が必要だった。だが王女と知られれば王妃は邪推するだろう」

「あなたがファンザムの力を借りるのでは、と」

　国内の有力貴族の娘よりも、より強力な駒だわ。

　きっと彼の側から引《ひ》き剝《は》がそうとするでしょう。ひょっとしたらベオハルトの妻になれと言われたかも。それこそ強引に。

「城に来ても、お前はバカなままだった。王女だから早く国に戻せと言うこともできたのに、俺のバカな計画に付き合ってくれた。王女なのに、贅沢も望まなかった。文句も言わずここにいた。あんなバカな行動をしたのに、話してみたら聡明で、教養もあり、マナーも心得ていてドレスアップした姿は一段と美しくダンスも上手い。惹かれるなという方が無理だ」

彼はもう一度顔を近づけてきた。

「もっとバカになってくれ。俺もバカになる」

「……あなたがバカに？」

「そうだ。身元の知れぬ娘と結婚したい」

「私が王女だからではないの？」

「王女の方が面倒臭い。王位に就きたいがために隣国の王女を連れてきたとか色々言われるだろう。だがお前が望むならその面倒臭さを引き受けてもいい。平民の娘のままを望むなら、王妃には相応しくないと言う者がいても、そんな連中はすぐに黙らせる」

もう一度、頬に手が添えられる。

「どちらの身分を選んでも、お前が俺のものになるのなら、必ず王妃にしよう。選択権はお前にある。私のものになるか、一人で国に戻るか。王女と名乗るか、平民の娘のままでいるか」

顔は近づき、今度は彼の意志でキスの前で止まった。

私に選ばせているのだ。

キスを受けるか、拒むか。

そしてそれが、彼の望みに応えるかどうかの答えなのだ。

私は両の拳を握り目を閉じた。

「認めるわ。……私、バカだわ」

その言葉を言い終わるか終わらないかで、唇が奪われる。

「ン……」

前にされた時とは全然違う。

咬《か》みつくような激しい口づけ。

もう逃がさないというようにしっかりと私を抱き締める腕の力は、痛いほど強い。

「……ぁ」

彼の舌が私の唇をこじ開け、中に侵入する。

隠している飴玉《あめだま》でも探すように、舌は口の中を動き回った。柔らかな異物が勝手に口の中で動く奇妙な感触。

応えようとしているわけではないのに、私の舌も動かされ、もつれ合う。

これをキスと呼ぶのだろうか？

まるで舌で睦《むつ》み合っているようで、だんだんと身体が熱くなる。

フォーンハルトがもっと奥を求めてくるので、押されて身体が傾き、長椅子の上に倒れ込む。

抱き締められていたから痛みはなかったが、私を押し倒しても彼は離れなかった。

私は、こんなにも彼に求められていたのか。

ずっとふざけてばかりいた仮面の下には、こんな情熱があったのか。

自分の中に喜びが溢れ、彼を押し戻すこともせずそのままキスを受け入れる。

ようやく離れてくれた時には、息は苦しいし、心臓はバクバクしてるし、頭もクラクラした。

口で呼吸をする私を見て、彼が困った顔で鼻を掻《か》く。これもまた初めて見る顔だわ、まるで照れてるみたい。

「やり過ぎたな、すまない」

本当だわ。

でも咎《とが》める言葉すら、今は出て来ない。

身体を起こすと、フォーンハルトが自分が口を付けた水の入ったコップを渡してくれた。

間接キスになるけれどありがたくいただく。

喉が湿ると少し楽になった。

けれどほっとする間もなく、フォーンハルトは私を抱き上げた。

「きゃっ」

驚く私をそのままベッドへ運び、そっと下ろす。

「フォーンハルト様？」

「俺は自分が思っていたよりずっと、我慢の利かない男だったようだ」

彼がベッドの上に乗って来る。

私には触れなかったけれど、顔を挟むように両側に手をつき、脚も身体を挟むように両側に膝をつくと、捕らえるような格好で上から見下ろした。

「他の男には嫁げないように、自分のものにしたいという欲望が止まらない」

真剣なだけでなく、眼差しに熱が籠もる。

「私は他の殿方なんて……」

選んだりしない、と続ける前に彼が語る。

「お前が選ばなくても、親が選ぶかもしれない。今ここで手放して国に戻ればそういうこともあるだろう」

それは……、あるかもしれない。私に知らせがないだけで、既に誰かとの婚約が進んでいる可能性もある。

「ここに置いていても、どっかのバカがお前の正体に気づいて手に入れようとするかもしれないし、誰かが懸想するかもしれない」

どっかのバカってベオハルトのことね。

「それを想像するといてもたってもいられない。俺が触れる前に誰かがお前に触れることを、俺は許せない。だから今ここで、お前の全てを手に入れてしまいたい」

上から降るキス。

「意味はわかるな？　許されないのなら、俺をベッドから叩《たた》き出せ」

彼はそのままの格好でじっと私の反応を待った。

もちろん、意味はわかる。それがいけないことだということも。

でも彼が口にしたように、お父様が私の嫁ぎ先を勝手に決めるかもしれない。今の状態のクレスタには、たとえ王子といえど結婚を許されない可能性もある。

人を殺すことも平気でできる人達だもの、自分達に有益であると知れば私を誘拐してどうこうしようと考えることもあるかもしれない。

王族の結婚は国策。自由な恋愛なんて望めることは無いと言ってもいい。今まではそれが当たり前だと思っていた。そのために、自分は贅沢な暮らしができるのだから、と。

でも今、私はフォーンハルト以外の人と結婚できるかしら？

じっと私を見つめる青い瞳。

これではない瞳の中に自分を映して、彼ではない腕に抱かれて口づけをすることが、できるかしら？

考えた途端、胸が苦しくなって涙が出た。

「ロザリナ？」

慌てた様子で私の頬に触れる大きな手。

呼んでくれたのは『私』の名前。

「泣かせるつもりはなかった。安心しろ。拒むならおとなしく出て行ける程度の理性は残っている」

離れようとする手に自分の手を重ねる。

「私……、あなたの言う通り本当にバカだわ」

きっと、このことが知られたら、自由過ぎる、ふしだらな娘と言われるだろう。それでも、心が叫んでいた。

この人以外の手を取りたくない、と。

「だって、この部屋からあなたを追い出すことが考えられないのだもの」

私の気持ちが伝わって、彼は泣きそうな顔で笑った。

「ああ、お前はバカだ。だからこそ、愛しくてたまらない」

それは胸が苦しくなるほど切ない笑顔だった。

私は十七人目の王の子供で、十番目の王女だった。

だから、王位継承権とか、政治向きの話からは縁遠かった。

けれど、後見人の真面目なグラハム侯爵から、王というもの、王家に生まれるという意味はしっかりと教えられていた。

王の贄は国民からの信頼。

権力に溺れて、自分は何をしても許されるなどという思い上がりは間違いだ。そんな王は家臣に裏切られても、国民に背を向けられても仕方がない。

自分が治める国が健やかで平和であるように努めるのが王の義務。

その王を支えるために王室はあるのだ。

家臣に言えぬ言葉を聞き、その力を維持するために血を繋ぎ、国のために縁を繋ぐ。

自分の役割はよくわかっていた。そのための覚悟もできていた。

彼を受け入れるということは、その責務を捨てることになるのかも知れない。

いいえ、そんなことにはさせないわ。

フォーンハルトは絶対に王になる。

私は絶対に祝福される結婚をする。

この世の中に『絶対』なんて言葉はないのかもしれない。でも『絶対』ではないものを『絶対』にする努力はできるものだと信じている。

純潔を失えば他の人との結婚はできなくなるだろう。婚姻前にふしだらな行為をした娘となじられ、王女としての地位も奪われるかもしれない。

わかっていて彼を受け入れるのは、『絶対』を信じているから。

これはその誓い。

だから、彼の口づけを受けることは怖くない。

遠慮がちにガウンの紐《ひも》を解き、前を開かれることも、恥ずかしいけれど怖くはない。

手が時々止まるのは、本当に私が嫌がっていないかを確かめるためだろう。だってその目はずっと私の表情を窺っているから。

決して肉欲のためだけに手を出しているのではないと、それだけでもわかる。

ガウンを開かれても、寝間着の上から胸に触れられても、私が嫌がるそぶりを見せずにいると、手はだんだんと大胆に動き始めた。

寝間着のボタンが外され、中に滑り込む。

下着など付けていなかったから、硬い手のひらは直接肌に触れた。

「あ……」

初めての感触に声を漏らすと、ふっと笑われる。

「柔らかい」

と言いながら手が胸を包む。

もうそれだけで、心臓が破裂しそうなほどドキドキしていた。このドキドキは彼の手に伝わってしまうかしら？

「ん……っ」

指が胸の先を摘まむ。

ツキン、と何かが身体を駆け抜ける。

その何かは甘く、痺《しび》れるような感覚で、一瞬にして私の身体を『女』にした。

手はいったん引き抜かれ、寝間着の胸元を大きく開いた。

「あっ」

思わず露《あらわ》になった胸を手で隠すと、彼の手がそれをゆっくりと引き剝がした。

「……見ないで」

「見たい」

「恥ずかしいわ……」

「綺麗だ」

視線を受けているだけで身が縮む。

触れられていないのに胸の先がツンと立ってしまっているのが自分にも見えた。

その先端に、キスされる。

「……っ」

ビクン、と震える身体。

「ここからは、もうお前を気遣ってやることはできないだろう。俺の望みを叶えてもいいか？」

「……何を言っても、私の望みはあなたと一緒よ。私は……、あなたの妻になるの」

満足げに頷く顔。

「では我が妻を存分に求めることにしよう」

我が妻、と呼ばれたことに単純に喜んでしまう。

彼の唇がもう一度胸の先に触れる。

今度はそのまま口に含む。

さっき私の口腔《こうこう》を荒らした舌がころころと先を嬲《なぶ》る。

「あ……っ、あっ」

そこがこんなに敏感な場所だと知らなかった。

舌が先を弾《はじ》き、吸われる度、じわりと何かが溢れてゆく。

ずっと捕らわれていた手が自由になる。ということは彼の手も自由になったということだ。自由になった彼の手は、残っていた寝間着のボタンを全て外した。

更に下にも伸び、下半身を包んでいた下着の紐を解いた。

「……あ」

これでもう、私を守るものは何もなくなってしまった。身体に纏《まと》わりつく布はあっても、彼の手を阻む壁は無いのだ。

先だけを黐《なぶ》っていた口が大きく開いて乳房を食《は》む。

何度も、何度も、歯を立てず肉に噛《か》み付く。

吸われて、小さな痛みが走る。痛いと声を上げるほどではないけれど、噛まれたのとも違う痛みに目をやると、彼の唇が通った後に赤い小さな点が残されていた。

まるで所有印を残すように、痕が刻まれている。

けれどそんなものを見ていられる余裕があったのはそこまでだった。

「あ……ッ！」

手が、下着の解かれた下腹部へ滑る。

「あ、あの……」

下生えの中に指が入る。

「そこは……ぁ……」

「閨《ねや》の花嫁教育は？」

「少しは……。あ、だめ……」

話しながら指が更に下へ伸びる。

お風呂には入っていたけれど、そんな場所に他人が触れるなんて。でも閨では殿方のすることを咎めてはいけないと教えられていたし。最後に何をするのかを考えると、下肢への愛撫《あいぶ》は必要なことなのかも。

「ん……っ」

下生えの中から、彼が私の敏感な場所を探り当てる。

自分でも直接触れたことのない場所にある小さな突起が指の腹でグリグリと押される。

「あ……っ、や……、だめ」

感じたことのない未知の感覚が走る。

ゾクゾクして、焦《じ》れったくて、膝を擦り合わせる。

脚を閉じているのに、指を阻むことはできなかった。指先だけでこんなに感じてしまうなんて。

「あ……ん、や……ぁ。あぁ……っ、あ……」

はしたない声が漏れて止まらない。

声を出していないと、頭がおかしくなってしまいそうなのだもの。

それでも、内側から湧いてくるものを抑えることができずに身悶《みもだ》える。

「やめ……、もう……」

これ以上そこを弄《いじ》らないで。

私は手を伸ばし、彼の腕を掴んだ。けれどひ弱な私の力では彼を止めることなどできなかった。

胸と下と両方を責められて、もう何も考えられなくなった時、彼が手を離し、身体を起こした。

「フォーン……」

嫌がったと思われた？

これで終わりにするの？

それが正しいことだとは思うのに、彼の体温が無くなったことに寂しさを感じて思わず名前を呼んでしまうと、彼は優しく笑ってキスした。

「服を脱ぐ」

目の前で、彼がシャツを脱いでベッドの外へ脱ぎ捨てる。

続いてズボンにも手をかけ、前を開けた。

仰向《あおむ》けに横たわったままの私には、彼の全ては見えなかった。頭を起こせば見られたのかもしれないけれど、もうそんな余力もない。

でも見えなくてよかったのかもしれない。

裸の上半身を見ただけでも、恥ずかしくて直視できなかったのだから。

再び、彼が私に添う。

「ロザリナ」

彼は私の右足首を摑んだ。

「脚、開いて」

「いや……」

「いや？」

「そんな恥ずかしいこと……、できないわ……」

呆《あき》れたようなため息をつかれても、男の人の前で自ら脚を開くなんてできないわ。

「俺が嫌なわけではないな？」

「……ええ」

それは覚悟をしてるわ。

でも羞恥心は別よ。

「よろしい。では俺がしよう」

「あ……っ！」

彼が摑んでいた私の足首を肩に担ぐようにし、強引に脚を開いてその間に身体を入れてくる。

指がまた私の下肢に伸びる。

さっき触れた場所より奥に入り込む。

そこは、濡れていた。

彼の指が秘部に触れ、襞《ひだ》を割る。

「充分だな」

露を感じて彼が呟《つぶや》く。

指はそのまま濡れた場所の中に入ってきた。

「う……っ」

異物の侵入に思わず力が入り、締め付ける。

「あ」

力を入れ続けることはできなくてヒクつく私の中に指は深く入り、中を探った。

彼の指……。

私の中に、フォーンハルトの指があって、動いている。

それを思うだけで全身に鳥肌が立つ。

一歩ずつ、この身を捧げる時が近づいている。私を惑わす快感の向こうにフォーンハルトがいる。

成し遂げてしまえば、私はもう王女として誰かに嫁ぐことはできないだろう。

もう一度、私は自分に問い返した。

彼を受け入れることに後悔はない？

答えは一つだけ。もちろんよ、後悔など微塵もないわ。彼を愛しているのだもの。私は必ず彼と祝福される結婚をするのだもの。

私から、彼に手を伸ばす。

気づいたフォーンハルトが途中で手を捕らえてキスすると彼の腰に触れさせる。

指が抜かれ、彼は身体を近づけてきた。

開かれた脚の真ん中に、指ではないものが当たる。

「あ」

肉を押し広げるようにして、抵抗を受けながら私の中に入ってくる。

「は……っ、ふぁ……」

入ってくる。

入って……。

「あ、あ、あぁ……ぁ……っ！」

どこまで入ってくるの？

どこまで受け入れればいいの？

全身を包んでいた甘い靄《もや》が晴れてしまう。生々しい肉の感触がねじ込まれる。

「ひ……っあ……」

もうこれ以上は受け入れられないという最奥まで到達すると、彼の動きが止まった。

苦しくて口で呼吸をするせいか喉が痛い。

「ロザリナ……」

掠《かす》れた彼の声。

繋がったまま、彼が私の頬を撫でる。

「私のものだ……。全て」

「あぁ……」

最奥で彼の突き上げを感じる。溢れた蜜が彼の動きを助け、肉塊が内膜を擦る。

最初にあった痛みと圧迫感はすぐに消え、突き上げられているうちにまたあの甘い靄が私を包み始めた。

全身に走る痺れも甘く、身体の芯から蕩《とろ》けてゆく。

「フォーン……ハルト……。だめ……、もう……」

意識を保つことができない。

酔ったように頭がクラクラする。

身体が揺れる。彼が私を揺らす。揺らぎは私を陶酔させる。

けれど彼がもう一度深く私を貫いた時、快感は絶頂へと変わった。

今までとは全然違う、突き抜けるような快感。

「……ッ！」

ぎゅっと身体が強ばり、彼を締め付ける。そのまま痙攣《けいれん》するように震え、声も出ぬまま果ててしまった。

「ここが我慢のしどころだな……」

力無く身体を投げ出した私を抱き締めてから、彼は身体を引いた。

「ふ……」

ずるりと抜けてゆく塊が、快感の残滓《ざんし》を刺激する。

「う……」

彼の呻《うめ》く声が聞こえたかと思うと、お腹に温かいものが零れた。

「フォーンハルト……？」

「お前の中で放つのは結婚式の後にしよう。俺の忍耐を褒めてくれ」

覚束無い視界の中、彼が乱れた髪を掻き上げる姿が映る。

目が合って、微笑んで贈られたキスはとても優しかった。

涙が出るほどに……。

フォーンハルトは私の怪我の具合を心配して、無理をさせたことのお詫びだと身支度を手伝ってくれてから、部屋を出て行った。

明日から私の言ったグリンザム商会を調べてみると言って。

疲れているのにふわふわして眠れなくて、何とか眠ろうと目を閉じてもフォーンハルトの顔ばかりが浮かんで余計に眠れなくなってしまった。

明け方頃になってようやく眠りについたので、朝にメイドが起こしに来た時には今日は気分が優れないからと嘘をつかなくてはならなかった。

午後になって現れたフォーンハルトに、アーセン夫人が今日は私の体調が悪いようだと伝えた時は、気恥ずかしくていたたまれなかった。

フォーンハルトは昨夜自分が無理をさせたから怪我の具合が悪化したのではと心配して、今日は出掛けるのを止めて側についていようかと言い出すし。

テオールとアーセン夫人のいる前で彼に事情を説明することもできなくて、本当に居心地が悪かった。

とにかく早く問題を解決させるべきだと言って無理矢理追い出したけれど。

問題が全て片付いたら、私は一旦国へ戻ろう。

そして彼に正式に婚約の申し込みをしてもらおう。

継承問題がなければ、隣国の王子の求婚だもの、お父様も反対はしないだろう。

心配している国元の者達には悪いけれど、それまでもう少し我慢してもらおう。

私のことは捜しているけれど騒ぎにはなっていないとフォーンハルトが言っていたから、こっそり戻ることができそうだし。

でも王女がいなくなったのに騒ぎにならないというのはちょっと寂しい気もするわ。やっぱり十番目って存在が軽いのかしら。

いてもいなくてもいいのなら結婚は簡単に許してもらえるかも。

フォーンハルトに隠し事がなくなったので気持ちも軽くなり、イジメ甲斐がないと思われたのかお茶会にも誘われなくなったので、その後は快適に過ごした。

フォーンハルトの態度はそれまでと変わらなかった。

というか、どうやらグリンザム商会は当たりクジだったらしく、テオールと毎日忙しくしていたのであまり顔を合わせることもできなかった。

そうして、あっと言う間に十日が過ぎた頃、フォーンハルトが一通の招待状を持ってやってきた。

「国王陛下主催のパーティだ。張り切って装ってくれ」

疑いたくなるような意地の悪い笑みを浮かべて。

肩の怪我の包帯は取れたけれどまだ少し傷痕が残っているので、フォーンハルトが用意してくれたのは肩の出ないドレスだった。

スタンダードなデザインだけれど、光沢のある薄青のドレスはオーガンジーに包まれ、細かなビーズの刺繍《ししゅう》が全体になされていた。

肩と胸元が出ていないのでネックレスはしなかったが、代わりに大きなサファイアのイヤリングと、揃いのサファイアと真珠の髪飾りが用意された。

「平民の娘にはもったいないのじゃなくて？」

渡された時にそう訊いたのだけれど、彼は「未来の王妃には相応しいものだ」と返してきた。

まだ気が早いと思うのに。

着替えが終わると、アーセン夫人がすぐにフォーンハルトを呼びに行き、まだパーティが始まるには早いと思うのに彼は私を部屋から連れ出した。

「招待状に書いてあった時間よりも早いわ」

「先に済ませておかなければならないことがある」

パーティの会場は先日と一緒の大広間だと思うのに、向かったのは別の場所だった。

「どこへ行くの？」

「行けばわかる」

暫く行くと、テオールが扉の前に立っていて、私達に気づくと深々と頭を下げた。

「到着されたか？」

フォーンハルトが訊くと、彼が恭しく頷く。

「はい。お待ちでございます」

「ロザリナ、中に入ったら何も喋るな。私の話に合わせろ」

テオールがいるのにその名前を呼ぶなんて。しかも『私』になっている。テオールもどこか緊張しているし、中にいるのはきっと重要人物なのね。

それなら先に教えてくれればいいのに。

「さあ、行こう」

テオールが扉を開ける。フォーンハルトは私をエスコートして中に入った。

少し広めの部屋には十人ほどの男性達が待っていた。

でも待って、この人々は……。

「ロザリナ様！」

私の名を呼んだお髭の険しい男性には、見覚えがあり過ぎるほどあるわ。

「グラハム侯爵……」

だって、彼は私の後見人であるグラハム侯爵だったのだもの。他の人達も見覚えがあった。侯爵のところの騎士に、王城の親衛隊の隊長もいるわ。

「あなたという方は……。お相手がクレスタの王子ならば駆け落ちなどしなくてもちゃんと話を通せばよろしいでしょう。国王ご夫妻がどれだけ心配なさったか」

駆け落ち……？

「グラハム侯爵、それは私に非があることなのです」

フォーンハルトが私の前に立った。

「知り合った時に、私が彼女に自分の身分を明かさなかったのです。ロザリナ殿はそれでも私の手を取ってくださいました。私達の愛情が真実であるという証《あか》しです」

「失礼を承知で申し上げますが、フォーンハルト王子、いかに真実の愛であろうとも手紙一つで済ませるというのは問題です」

手紙？

「はい。深く反省しております。ですから正式に婚姻の使者を送らせていただいた次第です」

「遅すぎます」

生真面目なグラハム侯爵は相手が隣国の王子であろうとお説教する気満々だ。

にしても、何か変だわ。

駆け落ちだの手紙だの使者だのってどういうこと？

「それで、カルムス王のお返事は？」

グラハム侯爵は渋々と礼服の内ポケットから封筒を出した。

それを受け取り、その場でフォーンハルトが封を切る。中に入っていたのは、国王が公的に使う王家の紋章と金の縁取りのある便箋だった。

彼はざっと紙面に目を通すと、すぐにまた封筒にしまい、礼服の内ポケットにしまった。

「確かに受け取りました。それでは、後のことはこちらのテオールにまかせてありますので、我々は失礼いたします」

行こう、と促されたが、私はその前にグラハム侯爵に頭を下げた。

「ごめんなさい。心配かけて」

「……本当です」

怒ってるわね。でも思っていたよりは怒っていないみたい。でも何故？　何も言わず突然一カ月以上も行方不明だったのに。

テオールを部屋に残して部屋を出ると、私はすぐに疑問をフォーンハルトにぶつけた。

「駆け落ちってどういうこと？」

「シッ、あっちの小部屋で話そう」

彼はすぐ近くの小部屋へ私を連れ込んだ。

「駆け落ちとか手紙とかって、どういうこと？　使者って何？」

勢いこんで訊く私に、彼は落ち着けというように椅子に座らせた。

「出会った時、お前は小さなナイフを持っていただろう。忘れ物だと言っていた」

「ええ」

「あれを添えて、お前の城に手紙を送った」

「失くしたのではなかったの？」

「失くしたのではなく、使ったというのが正解だな。ナイフを添えて、ロザリナという女性から愛しい人と共に行くので捜さないで欲しいと伝えてくれと言われた、という手紙だ。あのナイフがあれば偽物ではないと思うだろう」

「誘拐されたと思うかもしれないわ。私からのものではないのだもの」

「だからお前に手紙を書かせた」

「私は手紙なんて書いてないわ」

「カタリナ嬢宛の手紙を書かせただろう？　筆跡を真似てあれを写させた。ロザリナのサインは入れさせられないが、ロザリーの名前のサインは誓約書で書かせたから、それに『ナ』を付けられるようにカタリナという名を使った。」

あの時の手紙……。

確か『先日は簡単な手紙で失礼いたしました。前の手紙に書いたことは真実です。私はもうそちらへは戻りません。どうか私の恋を温かく見守ってください。また近いうちに連絡を差し上げますので、それまではこのことは内密にお願いいたします』だったわ。

私を手当した時には既に私の正体を知っていたからそんな細工をしたのね。

だから私を捜してはいるだろうけれど、騒ぎにはなっていないと言ったのだわ。王女が駆け落ちしたなんて公表できないもの。しかもそんな手紙だけでは相手が誰だかわからないし。

「私……、あなたと駆け落ちしたのね？」

「そうだ」

「では使者と言うのは？」

「今回正式に私が出した。カルムス王に、ロザリナ姫と駆け落ちしたのは私だ、と。我が国での王位継承問題のことをご存じかと思い、反対されるのを恐れて姫を連れ去ったが、これは非礼であることに気づき正式に婚姻を申し込ませていただきたい、と」

彼はさっきしまったばかりのお父様からの手紙を取り出して私に見せた。

「返事は了承だ。きちんと送り出したいのでロザリナは一度国へ戻るようにとあるが、結婚は承認された」

手紙には、確かにお父様のサインの国王印が押されている。

つまりこれは公文書。クレスタの王子とファンザムの王との誓紙。私をフォーンハルトに嫁がせるとお父様は約束してくれたのだ。

喜びが湧き上がり、立ったままの彼を見上げた。

「フォーンハルト！」

応えて彼がキスをする。

「喜んでもらえて何よりだ」

「喜びはしたけれど……、私にもちゃんと教えて欲しかったわ」

あまりにも自然にされたキスが恥ずかしくて、強がりを言ってしまう。

「驚かせたかったんだ。それに、カルムス王が結婚を認めてくれるかどうかもわからなかったからな」

「もし許されなかったらどうしたの？」

「もちろん、掠《さら》ってでも手に入れる。戦争は困るがな」

「それなら、私が逃げ出してくるわ。私の意志ならあなたに非はないもの」

「嬉しいことを。だがそんな決意も必要なくなったな」

彼は再び私から手紙を受け取り、ポケットにしまった。

「さあ、最後の仕上げだ。王女として堂々と皆の前へ出よう」

「王女として？」

「もう隠す必要はない。たった今から、お前はロザリーではなくロザリナだ」

「はい」

彼の手を取り立ち上がる。

これから何をするのかわからないけれど、彼にまかせておけば大丈夫だわ。私はフォーンハルトを信じている。彼と共にあると心に決めたのだもの。

「私はおとなしくあなたについて行くわ。でも自分の意志でついて行くのだということは忘れないで」

「忘れないさ。ただ、もう矢の前には飛び出すなよ」

「あなたを守るためならするかもね」

「……どこがおとなしく、だ」

部屋を出て、二人で大広間へ向かう。

この一歩が、私達の幸福への一歩だと信じて。


前と同じく、控えの間に入り、合図があってから広間へ出る。

変わらぬ豪華な室内、満場の人々が目に入る。

今回は、ちゃんと呼び出しがあった。

「フォーンハルト殿下並びにロザリー嬢、ご入場」

続いてベオハルト達が入ってくる。

「ベオハルト殿下並びにアルメリア嬢、ご入場」

そしてファンフーレ。

「国王陛下、並びに妃殿下、ご出座」

国王夫妻が入場し、玉座につく。

「ここで待っていろ」

私の手を離し、フォーンハルトは国王に歩み寄った。

決められた行動ではなかったのだろう、国王は『ん?』という顔で彼を見た。

「陛下、この度は私の願いを聞き届けていただいてありがとうございます」

彼の言葉に国王陛下は笑顔で頷いた。

「いつも何も望まぬお前からの珍しい頼みだったからな」

「理由なく盛大なパーティを開いて欲しいだなんて、我が儘《わまま》ですこと」

そう言う陛下の隣からナタリア妃の厭味が飛ぶ。

フォーンハルトはその言葉を受けてにっこりと笑った。

「その理由は今ここで申し上げよう。理由は二つ、一つは私と『ロザリナ』嬢の婚約を正式に父上に認めてもらうため」

ロザリーがロザリナになっても気づかず、王は聞き流した。あまり意識されていないということ？

「それならば婚約発表のパーティを開くと言えばよかろう？」

「今日は認めていただくだけでよろしいのです。婚約発表はもっと盛大に行いたいので」

「まあ、図々しい。平民の娘との婚約を盛大に、だなんて」

ナタリア妃の言葉を無視して彼が続ける。

「もう一つは、私の命を狙った者を断罪するためです」

「犯人が見つかったのか？」

「はい。ですから陛下にその者を罰する権利を私に与えていただきたいのです」

彼が陛下に礼を取り頭を下げる。犯人が見つかったと聞いても、ナタリア妃の顔は変わらなかった。それどころか、聞こえよがしに「人に狙われるような悪いことをしているのではないの」と言った。

なのに陛下はそれを咎めもしない。

「よかろう。狙われたのはお前だ。お前の好きにするがいい」

「ありがとうございます、陛下」

再び頭を下げた彼の顔がにやりと笑っているのに気づいたのは、きっと私だけだろう。

「ハイマン！　連れて来い！」

会場いっぱいに響く彼の声を合図に扉が開き、衛士が後ろ手に縛った数人の男達を引っ立てて入ってきた。

先頭の赤茶の髭を蓄えた中年の男と、彼によく似た若い男は身なりは悪くないが、残りはこの場に相応しくない粗野なならず者にしか見えなかった。

「この男はグリンザム商会の会頭、ユハム・グリンザムです。グリンザムはある人物から金を貰《もら》って自分が抱えている刺客に私を狙わせたのです。しかも息子のジェイク・グリンザムもそれに手を貸していました。彼は平民ながらベオハルトの友人として王城内に足しげく通い、依頼人との連絡を取っていました」

ナタリア妃とベオハルトの顔が見る間に蒼冷めてゆく。

「その依頼人とは誰だ」

さっきまでとは違う、力強い声で王が問う。

これは、怒りを抑えている声だわ。

「ナタリア妃とベオハルトです」

「嘘よ！」

フォーンハルトが名前を上げるのとほぼ同時にナタリア妃が立ち上がって叫んだ。

「私達親子を貶《おとし》めようというのね、恐ろしい子。婚約者をベオハルトに取られて、平民の娘を娶ることを後悔したのでしょう。だから私達を辱めようというのでしょう！」

興奮した彼女とは反対に、フォーンハルトは落ち着いていた。

「グリンザムは、自分だけが罪に問われないように、後でまた強請《ゆす》れるように、あなたに誓約書を書かせましたね？　私を亡き者にできた暁《あかつき》には、グリンザムを王城の御用商人にし、王家所有のスラハウの鉱山の権利を譲る、と」

「そんなこと……！」

「その誓約書がこれです」

取り出された書面を見て、彼女はわなわなと震えた。

「更に、あなたに贈った品物のリストも出てきました。ベオハルトに贈ったものも、です。ベオハルト、お前は随分と贅沢をしているな。馬に鞍、ワインに宝石、特注の靴やガラスのチェス盤と駒、他にも色々あるぞ。このリストとお前達の所持品を突き合わせてみようか？」

ベオハルトは答えず顔を背けた。

「……私はグリンザム商会と取引をしたことはありません」

絞り出すようなナタリア妃の声。

「ええ、取引はしてません。賄賂を受け取っていただけです。だから繋がりがわかりづらかった。だがこうして契約書が手に入った今、もう言い逃れはできませんよ。何せここには義母上のサインだけでなく王妃印が押されている。あなたには国庫の金を使い込んでいる容疑もあります」

「ナタリア……。そなたは本当にフォーンハルトを殺めようとしたのか？」

「……陛下、私は……」

狼狽《うろた》えるナタリア妃を玉座の肘掛けを強く握り締め陛下が睨み付ける。

「余の息子を、エリーナの忘れ形見を、本当に殺めようとしたのかと聞いているのだぞ、答えよ！」

私も驚いたが、フォーンハルトの顔にも驚きが浮かんでいた。

皆の話からも、以前お会いした時の印象からも、陛下は穏やかで王妃の言いなりだと思っていた。こんな風に激高するタイプには見えなかった。

それに、『エリーナ』という名前が出たことにも驚いた。それは前王妃、フォーンハルトのお母様の名前だ。ここでその名が出たということは、王の心の中にその方への想《おも》いが今も残っているということだろう。

そしてこの怒りはフォーンハルトへの愛情を物語っている。

「答えよ！」

王の再度の問いかけに、ナタリア妃は辺りを窺い、私と目が合った。

「あの娘……、あの娘が仕組んだのですわ。フォーンハルト殿をたぶらかし、私達を追いやろうと言うのです。命を救ったなど自作自演、あの娘の企てに違いありません」

「黙れ！」

今度はフォーンハルトが激高する番だった。

「己が罪を認めず、彼女を愚弄するか。これらの罪に侮辱罪を上乗せするつもりか」

「侮辱罪ですって？　たかが平民の娘相手に」

「彼女は平民の娘ではない。隣国ファンザムの王女である」

ナタリア妃は一瞬驚き、次に高笑いをした。

「陛下、これでフォーンハルト殿が正気ではないことがおわかりでしょう？　言うに事欠いて隣国の姫であるだなんて嘘を皆の前で口にするくらいですもの。彼の語ることは全て嘘ですわ」

「では彼女の身分が本当であれば、あなたの罪も本当ということになりますが？」

「ええ、そうかもしれませんわね」

さっきまで怒りの形相で王妃を睨んでいた王ですら、息子は何を言い出しているのかという顔をしている。

そうよね。そんなことあり得ないと想うのが普通よね。

「テオール！　皆様をご案内しろ」

罪人達が入ってきたのと同じ扉から、グラハム侯爵達一行がテオールの案内で入ってくる。グラハム侯爵は真っすぐ陛下の元へ向かうと、膝をついて礼をした。

「お久しぶりですな、レオハルト王」

まあ、二人は知り合いだったの？　年齢的に考えれば、公式の場で会っていてもおかしくはないけれど、驚きだわ。

「グラハム侯、久しいな。我が息子があちらのお嬢さんを貴国の姫と言っているが？」

グラハム侯爵が私をチラッと見て小さくため息をついた。

……何故ため息をついた。

「確かに、あちらにおわしますは我が国の王女、ロザリナ様にございます」

会場に、大きなざわめきが走る。当然王家のお三方も驚きを隠せなかった。アルメリアもだ。

「少々自由なお方ではございますが、愚弄される覚えはございませんな」

グラハム侯爵はジロリとナタリア妃を睨んだ。こういう時、侯爵のおっかない顔は効果的だわ。

「正しく名乗らずにいた非礼をお詫び致します。私の真の名はロザリナ・ルド・エリューンにございます」

私は正しく礼をし、一同を見渡してから微笑んだ。

とても王女らしく。

「そんな……、まさか……」

ナタリア妃の顔は誰が見てもわかるほどに蒼白《そうはく》になっていた。

「父上、罪人の処遇は私に任せてくださるとおっしゃいましたね。私は二人を……」

「いや、それは撤回しよう」

「父上？」

陛下は立ち上がると宣言した。

「二人への断罪は私がする」

シーンとした会場に響き渡る声。

「王妃ナタリアは王妃の身分を剝奪する」

「陛下！」

「お前が王妃としての務めを果たしてくれたことには感謝していた。だがエリーナの忘れ形見を殺めようとしたことは許しがたい。今ここでフォーンハルトが訴えた罪に関しては正式に裁きを受けるように。そしてベオハルト、お前は王位継承権を剝奪する」

「父上！」

「お前には常々王にはなれない、兄を支えるようにと言っておいたはずだ。その分を越え、悪意と欲に塗れた者を王位につかせるわけにはいかない。ナタリア同様裁きを受けるがよい。忘れるな、お前達を断罪するのは私であってフォーンハルトではない」

王の言葉の中には、色んな意味が含まれていた。

陛下は、前王妃エリーナ様を本当に深く愛していた。そしてその忘れ形見であるフォーンハルトのことも愛していた。

　ナタリア妃には王妃という役割を務めていることに感謝はしていて、そのために多少のことには目を瞑《つぶ》っていたのだろう。

　そして王の中ではもうとうに王位継承者はフォーンハルトと決まっていたのだ。

　王の逆鱗《げきりん》。それは愛する者を脅かすということで、王の愛情は亡きエリーナ妃とその息子フォーンハルトにあったのだ。自ら断罪を行ったのはそのフォーンハルトに恨みが向かぬようにするためだろう。

　王の指示で、衛士達に引き立てられ、グリンザム商会の者達と王妃、ベオハルトは大広間から連れ出された。

「フォーンハルト、すまなかった。私が曖昧な態度をとっていたせいでお前に危害が加えられることになろうとは」

　王は自らフォーンハルトに歩みより、その手を取った。

「……いいえ。父上。私の方が子供のように拗《す》ねて父上と距離を取っていたのです。父上のお気持ちを知ろうともしませんでした」

　人目があるから二人ともそれ以上何も言わなかったが、見つめ合い、手は強く握り合ったままだった。

　やがて王は手を離すと広間を見回して声を上げた。

「皆の者、ここで公式に宣言しよう。次期王はフォーンハルトだ。他の誰でもない。そしてここにファンザムの王女ロザリナ殿とフォーンハルトの婚約を認める」

それからグラハム侯爵を見た。

「貴殿には不安もあろうが、私が約束しよう。ロザリナ殿を歓迎し、必ずや幸福な暮らしを得られるように尽力すると」

「陛下のお言葉を信じましょう。どうか大切な我が姫をお願いいたします」

私も、知らなかった。仕方なく後見をしているだけだと思っていた口うるさいグラハム侯爵がこんなにも私を思ってくれていたことを。

「フォーンハルト、ロザリナ殿の手を」

促されて彼が私に近づき手を取る。

それを合図に音楽が鳴る。

自分達の役割を察して、彼はそのまま私をフロアの中央へ連れ出すとダンスを始めた。

緊張していた空気が解けてゆく。

断罪から祝福へ。

この国から大きな問題が消えた。新しい幸福が舞い込んだ。長く燻《くすぶ》っていた王と王子の確執は誤解だった。

ほら、私の選択は間違っていなかったわ。

私は、皆に祝福される結婚を選んだのよ。

後悔なんてやっぱり必要なかったでしょう？　もう不安すらないわ。

ただ一つ不安があるとしたら、まだフォーンハルトに振り回されるかもしれないという予感だけ。

「ロザリナ、愛しているよ。今こそ胸を張って君を幸せにすると誓おう」

だって彼は周囲で皆も踊っているというのに、キスしてくるのだもの。

恥じらって赤くなった私を見て、からかうように笑うような人だもの。

彼に負けないためには、私も彼を振り回してあげなくちゃ。

これからずっと、ね……。

番外編

この愛に寄り添って

全てが終わってから、改めて色んなことが動き出した。

まず、私の部屋が移された。

今まではフォーンハルトが外へ出て行き易いように城門近くの客間に滞在していたのだが、正式に隣国の王女であり次期国王の婚約者と認められたからにはもっと相応しい部屋が用意された。

城の中央、王室の人間の住居である奥向きへ。

寝室、居室、書斎の三間続き、お風呂付き。部屋の意匠は白いバラで、飾られているのも白いバラの花。

侍女には引き続きアーセン夫人が付き、彼女が選んだ若いリリアという専属のメイドも付いた。

そしてグラハム侯爵は、私の無事を確かめるためだけの来客であったのが、クレスタとの交渉を担うファンザムの代表使節団の団長に昇格。

早速、毎日クレスタの議会に出席している。

国交を結ぼうという話だけのはずなので、すぐに終わるだろうと思っていたのに、何故か随分と時間がかかっている。

　私とフォーンハルトとの結婚はお父様が認めているので、そちらのことで問題はないと思うのだけれど。

　何より大きな変化は、レオハルト王が今回の騒動の責任は自分にあるからと、フォーンハルトが結婚すると同時に王位を譲ると宣言したことだろう。

　フォーンハルトは反対した。

　自分はまだ若く、王子であるうちにやりたいこと、やらなければならないことがあるから、今暫くはそのままでいて欲しい、と。

　王の決意は揺るがなかったが、議会の人間達にも説得され、王位を譲るのは一年後ということになった。

　そうなると、私は一年後にはこの国の王妃となるわけで、ナタリア妃が捕らわれ王妃不在となった今、私がこの国で一番地位の高い女性となってしまうわけだ。

　フォーンハルトが会議で身体が空かないので、パーティは催すことはできないし、パートナー不在で他家のパーティに出席することもできない。婚約した後に他の男性をパートナーにすることもダメ。

　けれど未来の王妃としては皆に認識してもらうことも、有力貴族達と繋がりを持つことも必要。

せめて女性だけでも親交を深めるべきだとなり、未来の王妃主催のお茶会が連日開かれることとなった。

この国の作法やしきたりに疎いこともあろうかと、補佐を付けることとなったので、私はオルマ伯爵夫人を指名した。

私が『ロザリー』であった時、最初に声をかけてくれた女性だ。

アーセン夫人は彼女を知っていて、夫であるオルマ伯爵は微妙な状況でもフォーンハルト派を貫いた立派な方と歓迎していた。

そんなわけで、私の次期王妃のお務めは始まった。


王城の内庭、ナタリア妃がお茶会を開いていた場所で、主催を私に替えて開かれるお茶会。

ファンザムの使者であるグラハム侯爵が滞在中なので、クレスタはロザリナ王女を粗略に扱ったりしないという意思表示のように華やかな宴。

オルマ伯爵夫人ジュリエッタはお側《そば》役という名目でいつも私の隣に座り、サポートしてくれた。

「ただ一度お声がけをしただけですのに、お側役を命じられるなんて、光栄ですわ」

ジュリエッタは新しい役目を自慢することなく、恐縮して言った。

「その一度が、とても嬉しかったの。あの時に私に声をかけることにどれだけ勇気が必要かもわかっているつもりよ」

「下心あり、と申しましたのに」

「その下心をちゃんと口にできる誠実さがあると思っているわ。ジュリエッタが私を好きでなくとも、フォーンハルトのため、フォーンハルトを推す夫のためにきっと立派にお務めを果たしてくれるでしょう」

「私、あの時ロザリー様……ではなくロザリナ様を好きになってしまうと申しましたわね。今ははっきりと好きですと言えますわ。王女であるのに決して偉ぶったところもなくて、魅力的です」

「私自身が何か成し遂げたわけではないので、偉くはないからですわ」

「ふふ……、さらりとそうおっしゃるところが好きなのです。私にできることは何でもいたしましょう」

彼女は、過去のお茶会の様子を説明してくれた。

貴族間での序列や役職の序列。

現れた女性の名前や身分、夫はどちらの派閥に属していて、どんな役職に付いているかまで、こと細かく教えてくれた。

一応、ベオハルト派の人間でも差別はしないように、と注意はしておいた。

「ロザリナ様はお優しいのですね」

「そうではないわ。これからは皆一丸となって国のために働かなくてはならないのだもの。過ぎた派閥を気にしても仕方がないでしょう？」

「ご聡明でいらっしゃいます」

招待状を出したので、アルメリアも出席はしたが私の側に近寄ることはなかった。

あの日、彼女と共に私をなじった女性達も。

「お声をかけます？」

こちらを見てそそくさと逃げて行ったアルメリアを見てジュリエッタが訊く。

「それはもう少し後ね。まずは全員にご挨拶をしないと」

「全員、ですか？」

「ええ、全員よ」

「それはこれからお呼びになる者も含めてでしょうか？」

「んー……、できる限り」

ジュリエッタが驚いたのも無理はない。

私は貴族の女性全員をお茶会に呼ぶつもりだったのだ。貴族だけでなく、有力で有益だと思う人々全てを。

王家の親族、公爵、侯爵、伯爵の夫人、令嬢までが小人数のお茶会の招待客。この人達とは個別に会話を交わすことができる。

子爵、男爵、の夫人と令嬢はもう少し大人数のお茶会で、時間的に言葉をかける人間は減る。

准男爵とナイトと有力の商人や学者などの夫人や令嬢、女性騎士や女性の学者なども一《ひと》纏《まと》めで、これは更に大人数。

「顔を覚えるのも大変でしょう？　どうしてこんな大人数にお会いになろうとなさったのです？」

数日経つと、ジュリエッタはハードなスケジュールについて疑問を持ったようだ。

普通、ここまではしないでしょうしね。彼女の疑問は当然だわ。

「顔は覚えるのは無理でしょうね。これは私が皆さんにお会いしたいというより、皆さんが私を見たがっているだろうから見せている、といった感じよ」

なので私は正直に答えた。

「見せている？」

「実物を見ないと、あらぬ噂が立つでしょう？　大きいとか小さいとか、幼いとか、不美人だとか。実物を見ての評価なら受け入れるしかないけれど、見もしないで言われるのは嫌だと思ったの」

　私の答えを聞いて、ジュリエッタはぽかんとしてから笑い出した。

「ロザリナ様は変わってらっしゃいますのね。ファンザムの女性は皆さんそうなのでしょうか？」

「多分私だけね。一人で城を抜け出して街や森へ行ったりしたので、王女らしくないと今来てるグラハム侯爵に怒られっぱなしだったわ」

「お一人で……」

「ええ、こちらでもできるといいのだけれど」

「お城を抜け出したいのですか……？」

「無理かしら？」

　彼女は暫く考えてから答えをくれた。

「協力者が必要でしょうね」

　否定ではないのが彼女の優しさだろう。

「暫くはそんなお暇もございませんでしょうけれど。本日はアカデミーの学者やそのご家族の方が中心ですから、私もお顔を存じ上げない方が多うございます。ですので、一番年長の方に同席していただくようにお願いいたしました」

「ありがとう」

気が利く上に、自分にできないことはできないとはっきり言ってくれる。

臨時じゃなくて、この先もずっとジュリエッタには側にいて欲しいわ。

「では参りましょうか。ありのままのロザリナ様を見ていただくために」

「落胆されないことを祈るのみだわ」

私は深呼吸して胸を張った。

なるべく皆の理想の、未来の王子妃に見えるように、と。


お茶会は続き、ファンザムから私の身の回りの品とドレスが届いても、まだ会議は続いていた。

フォーンハルトもちょっと顔を出す程度で、会話もロクに交わせない。

その席にはテオールもいるし、アーセン夫人も同席するので、恋人同士の語らいなんてことはできないし、キスもない。

「会議、そんなに揉めているの？」

一度そう訊いてみたのだが、答えははぐらかされてしまった。

「まあそうだな。結果が出たらちゃんと報告する。それよりお茶会は凄いらしいな」

「何も凄いことなんてないわよ？」

「いやいや、国中の女性が城に集まると噂になっている」

「……いけなかったかしら？」

「いいや。顔を繋げと言ったのは俺だ。大変だと思うのに、よくやってくれている。ナタリアは自分の気に入った人間としか会おうとしなかったから、遠ざけられていた者達は喜んでいるだろう」

「でもまだそんなに親しくなったわけではないのよ？」

「それでも、美しい異国の王女に直接会えたと皆喜んでいる。ロザリナの評判が上がるのはいいことだ。なあ、テオール？」

「はい。それにしても、せめて私にぐらいご身分を明かしてくだされればよかったのに。アーセン夫人はご存じだったのですか？」

恨みがましく言うテオールに、夫人は微笑みで返した。

「それなりの身分のある女性、とは伺っておりました。ですが、お話を伺わなくても、ロザリナ様の立ち居振る舞いを見ていれば貴族かそうでないかはすぐにわかりますわ。城の美術品や豪華なお部屋にも驚かず、ドレスもご自分に合ったものをお選びになってダンスも完璧。そんな平民のお嬢さんがいるとお思いで？」

気づかないあなたが悪いわ、という顔ね。

「そう責めるな。貴族の令嬢が供も付けずに雨の中、森を彷徨《さまよ》うなんてあり得ないのだからテオールが気づかなくても仕方ない」

それって、暗に私が悪いと言ってない？

「それじゃ、そろそろ午後の議会だ。これで失礼する。茶会で菓子を食べ過ぎないようにな」

「頑張ってね」

「頑張るさ」

本当に、顔だけ見せに来たという感じで、彼は帰っていった。

もっと話をしたいのに。寂しい、と思うのは私だけかしら？

「さ、こちらもお茶会のお支度を。今日は商人達だそうですから、少し華やかなものにいたしましょう」

商人か、やっと終わりが見えてきたという感じね。

「全員を招待し終わったら、少し休みたいわ」

「それがよろしいでしょう。フォーンハルト様の会議が終わられたら、今度はパーティ続きになるでしょうから」

パーティか……。

社交界から遠ざかっていた私には、大変な苦行だわ。

「こっちも頑張らないと」

これも務め、と諦めるしかないわね。

「ではお着替えを」


連日続いたお茶会は、十日で一旦お休みを挟むことにした。

私も疲れていたけれど、用意をする者達も疲れてきたので。

休日は三日。ようやく部屋でくつろぐことができる。

アーセン夫人にもお休みをあげて、私は一日部屋で過ごした。

何もしないでいることは退屈だと思っていたけれど、何もしない、予定がない、というのはありがたいものだと実感した。

お食事も部屋でいただき、お風呂もたっぷり時間をかけて入り、就寝前のお茶をゆっくりといただいている時、部屋がノックされた。

「どなた？」

「俺だ」

扉の向こうからフォーンハルトの声がする。

私はガウンを纏って扉を開けた。

「どうしたんです？　こんな遅くに」

「まだそんなに遅くはないだろう？　だがもう着替えていたか」

「お入りになる？」

「夜に男を部屋に入れるのは危険だと教えなかったか？」

「夜遅くに女性の部屋を訪れるような人に言われても。それでは改めて明日の朝いらしてください。お待ちしますわ」

折角《せっかく》扉を開けてあげたのに、と思って彼を追い出そうとすると、フォーンハルトは手で扉を止めた。

「いや、今入りたい」

「危険なのでしょう？」

「かもしれないが、どうしても早く話しておきたいことがある」

ずっと彼とゆっくりできなくて寂しいと思っていたから、私は彼を部屋に入れた。

キスぐらいなら許してあげてもいいわ、と思いながら。

彼は部屋に入ると上着を脱ぎ、シャツ姿になってから長椅子に座った。今日は不用意に近づくことはせず、離れた椅子に座る。

「それで？　私に何の話を？」

彼は真面目な顔になって、一呼吸おいてから口を開いた。

「ナタリアとベオハルトの処遇が決まった」

それは真面目な話ね。

「どうなるの？」

「ナタリアとは離婚。爵位剥奪の上、修道院送りだ。ベオハルトは王位継承権剥奪の上、男爵位を与えて北の国境沿いの辺境に追いやられた」

我が国とは反対側の国境ね。

クレスタの北はとても寒くて、雪も酷いと聞く。事実上の幽閉というわけだわ。

「王子を殺害しようとした犯人としては、死罪が相当なのだろうが、まあ俺は生きているし、この程度が妥当だろう」

「そうね。でも監視役は付けた方がいいわ。逆恨みというのもあるでしょうし」

「もちろん付けるさ。だが父上には負い目があるようだ」

「負い目？」

彼は小さくため息をついた。

「母上が亡くなられた後、父は悲しみのあまり深酒の日々だったらしい。そして酔った勢いでナタリアに手を出したらしい。望まぬ夜を過ごさせた上に妊娠までさせたことで愛妾として迎えようかと思っていたが、生まれたのが男の子だったので王妃として迎えざるを得なかったそうだ」

「つまり、強引に手を出したという弱みがあるから、ナタリア様に弱かったのね？」

「俺としては、彼女が一服盛ったんじゃないかと疑うがな」

　私もそう思うわ。

「ベオハルトには、子供の頃から跡継ぎは私だと言い聞かせていたが、外部にそれを発表するとベオハルトの立場がない。なので公表はしなかった」

「公表されなかったから、ベオハルトはあなたがいなくなれば自分に継承権が与えられると考えたのね」

「公表されていても考えたかもな。父上は、自分の愛した女性はただ一人、母上だと言ってくれた。だが王には王妃が必要だ、役職として。ナタリアは父の前では単に社交好きで、ちょっと無駄遣いをする程度の女性を演じていた。実際は国庫の金を使い込み、自分の息子に王位を継がせるために俺の殺害を計画し、ならず者上がりの商人を城に入れようと画策していた。それがわかって……」

「あの怒りに繫がったのね」

　私はパーティの時のレオハルト王の激高を思い出した。

「グリンザム商会の方はどうなったの？」

「実効犯の連中は文句なく死刑。ユハム・グリンザムと息子のジェイクも死刑。だが叩いたらホコリが山ほど出てきたんでな。調査の間は存命できるから、洗いざらい吐いてくれるだろう。一族は私財没収の上国外追放、雇い人は計画に加担していた者は相応の罰を受けることになる」

「加担していなかった人に、没収したグリンザムの私財の中から退職金を出してあげられないかしら？」

「退職金？」

「だって、たまたま勤めていた主が悪かっただけで、その人達に罪はないのでしょう？　それなのに路頭に迷うなんて可哀想だわ。その人達にも家族はいるのでしょうし、ここで恩情を見せればフォーンハルト様の人気も上がってよ？」

　彼の真剣な顔が崩れて笑い出す。

「お前は本当に面白い考え方をするな」

「普通の考えでしょう？」

「ああ、そうだ。それが普通だが、貴族にはない考えだ。いいだろう、そのことはまた会議にかけてみよう」

　また会議……。

「それじゃ、また暫くは会えないのね」

「暫く、か。グラハム侯爵は、君を国へ連れ帰り、相応の支度をさせてから嫁入りさせたいので結婚までは半年の猶予が欲しいと言ってきた」

「半年？」

それは……、王族の結婚は準備に時間がかかるものだとは知っていたけれど、半年は長いわ。

「寂しいか？」

「当然よ。反対してくれたのでしょう？」

「グラハム侯爵だけの考えならこちらの意向を押し通すこともできるが、その向こうには君の父上、ガルムス王がいる。簡単にはいかないな」

そうよね。

王子と王女の結婚なら、国の威信をかけてきちんとしたものにするべきだもの。『ください』『はい、あげます』とはいかないわ。

私自身は身一つでもいいのだけれど、そんなことしたらファンザムはクレスタをバカにしているとか、王女の輿入れ《こしい》に何の用意もできないのかと言われるだろう。

でもやっぱり半年は長いわ。

「何とかできない？　そうだわ、誓約書。弟が継承権を剝奪されたら私の望みを何でも叶えると誓約書を書いたでしょう？　私の望みはお父様に私の準備期間を短くするようにあなたから進言して欲しい、よ」

「お前からそう言ってくれるのは嬉しい限りだな。だがあの誓約書は無効だ。あれはロザリーの名で結んだ契約。お前はロザリナ。別人だ」

「……ちょっと待って、あなた最初から私がロザリナだと知っていたのよね？　ということは最初から約束を反故にするつもりだったのね」

自慢げに言われて彼を睨みつける。

そういうところは誠実な人だと思っていたのに。

「騙したわけじゃない。誓約書があるから、と言われるのは業腹だからそんなものには縛られないと言ってるだけだ。お前の望みは誓約書なんてなくても叶えてやるってことだ」

「上手いことを言って」

「本当さ。会議が長引いたのはそのためだ。ロザリナが国に戻るのは二週間。結婚式はその一週間後ということにした」

「え……？」

フォーンハルトは両手を広げて、私に『ん？』という顔をした。

「御褒美に私の膝に来てくれないのか？」

「本当に？」

「嘘をついてどうする」

「どうやってお父様を説得したの？」

「聞きたかったらこっちへ来い」

ちょっとだけ悩んで、私は席を立ち彼に近づいた。

「膝の上」

「……重いわよ？」

「お前を抱き上げて運んだこともあるんだ。軽いのは知ってる。連日の会議続きでさすがに俺も疲れた。少しは癒《いや》してくれてもいいだろう？」

そこまで言われて、私は彼の膝の上にちょこんと座った。

その身体に腕が回され、ぐっと抱き寄せられたので彼の胸に倒れ込んでしまった。

彼のコロンの香が微《かす》かに鼻をくすぐる。

急に先日の夜を思い出して、顔が赤くなってしまった。

けれど彼は私の顔を見ることはなく、まるで子供を抱くようにそっと抱き締め、私の頭を撫でた。

「ロザリナが、結婚を早くして欲しいと言ってくれてよかった。俺が勝手に望んだことかと心配だった」

「だって、半年も離れていたら、あなたは私のことを忘れてしまうかもしれないわ。それに、城の方々が私より他に相応しい人がいると言い出すかも」

「信用がないな、と言いたいが、俺も同じことを考えた。今手元から話したら、社交界にデビューしていなかったから他の男との出会いがなかったロザリナは多くの貴族と会うだろう。その中で他の男に目移りするんじゃないか。カルムス王の考えが変わって、お前に他の婚約者を見つけるんじゃないかと」

「お父様はちゃんと公文書を送ってくれたわ」

「それでもロザリナが魅力的だから心配なのさ」

　髪にキスされる。

「なのでカルムス王に手紙を書いた。国の事業としてファンザムへ通じる交易路を整備する、と。更に両国を流れる河川についても、護岸工事を行い、大型の船が通れるようにする。その代わり、ロザリナをすぐに私に戻して欲しい。娘を取引の材料にするような王ではないとは存じているが、恋に狂った男を利用して欲しい、と」

「恋に狂った男なの？」

「自覚はある」

　頬に手が添えられ、また頭にキスされた。

「その案を実現するためには、まず議会を説得しなければならなかった。こちらは愛だ恋だという理由は通用しない。議会の連中にはファンザムとの交易がいかに我が国にとって有益かを説いた。ファンザムの農産物は北で農作ができない我が国にとっては重要。さらに鉱山で採掘されたものを売る相手として豊かなファンザムはよい取引相手だと。議会を納得させてからカルムス王に手紙を書き、返事を待ってまた議会にかけ、今日ようやく全てが整った」

頬にあった手に力が籠もり、顔を向けさせられる。

彼の顔は穏やかで満足そうな笑みを浮かべていた。

その笑みに胸がきゅんと締め付けられた。

「御褒美をもらえるだけの努力はしただろう?」

近いというだけで恥ずかしい。

いいえ、その笑顔にときめいたことが恥ずかしいのだわ。

「……ええ。私との結婚のために、国を動かしてくれたのですね」

「そう言われるとバカ王子みたいだな。一応国益も考えてるぞ」

「もちろんですわ。両国の交易が盛んになれば、きっと人民も潤うことでしょう」

「では御褒美を貰う資格はある?」

「ええ。でも私があなたにあげられる御褒美なんて……」

国から荷物が幾らかは届いているけれど、私の身の回りの品ばかりでフォーンハルトにあげられるものなんてないわ。

「お前からのキスが欲しい」

「は?」

「ロザリナから俺にキスを」

「な……、何を言ってるんですか」

カーッと顔が熱くなる。

慌てて彼から離れようとして、不安定な膝の上でバランスを崩す。それを支えてまた抱き寄せられた。

「危ないぞ」

「あ、あなたが変なことを言うからですわ」

「今まで何度かキスはしただろう？」

「それとこれとは別です」

「そうだ、別だ。俺が求めてお前が受け入れるのと、お前が私を求めるのとは全然違う。一連のお茶会が終わったら、お前はファンザムへ戻らなければならない。帰したくなくてもこればかりは仕方がない。その間半月、触れることも見ることもできなくなる。だからその前に、ロザリナも私を愛しているという証しが欲しい」

「キスが証しになるの？」

「お前からのなら」

正面から見つめられ、困ってしまう。

キスなんてしたことないわ。

そもそも女性からキスするなんてはしたないでしょう。

「ロザリナ」

顔を捕らえたまま、彼はじっと私を見つめていた。

……もう、そんな目で見ないで。

好きな人から真っすぐに見つめられたら、何でも聞いてあげたくなってしまう。

「目を閉じて、動かないでくれるなら……」

言うと、彼はすぐに目を閉じ、手を離して行儀よくした。

彫像のように美しい顔に手を添える。

目標を誤らないように、形のよい彼の唇を見る。

フォーンハルトは私のために頑張ったのだし、キスはしたことあるのだし、私達はこれから結婚するのだからいいわよね？

深呼吸を一つして、私は彼に唇を重ねた。

約束通り動かないでいてくれる彼と、ただ唇をくっつけ合うだけのキス。

照れて離れると、パチッと彼の目が開いた。

「目を閉じてって……」

「唇が離れたらキスは終わりだろう？　約束は守った」

彼には言い負かされてばかりだわ。

頭を捕らえられてコツンと額が当てられる。

「ごめん」

無理にキスさせたことを謝られたのだと思った。

他に謝られるようなことは何もされていなかったから。

でもそれは『まだ』されていないの間違いだった。

抱き寄せられることもなく、彼の顔が近づいてキスする。

彼からのキスは私がしてあげたのとは違って、舌を使った激しいものだった。

逃げようとすると再び頭を捕らえられる。

満足するまで止めるつもりはないのだわ。私は諦めて抵抗を止めた。嫌なことではないもの。

口の中で舌が動き回る。

私の舌を吸って、先を甘く噛む。

少し離れたかと思うとまたすぐにキスされる。

今こうしていないと私が消えてしまうと思っているかのように、続くキス。

そのうちに、彼の手がガウンの合わせの中に滑り込み、私の胸の上に置かれた。

「ン……」

驚いたけれど、もう一方の手は私を背中からがっちり抱えているから逃げられないし、キスが続いているから声も出ない。

手は、寝間着の上から膨らみを包み、ゆっくりと動いた。

まだ布の上からなのに、もう感じてしまう。

手は器用に指の間に胸の突起を挟むと、微妙な動きで刺激を与えてくる。

とても弱い刺激なのに、敏感な場所だから意識がそちらに集中してしまう。

指は硬くなった突起を摘まんだかと思うと、指の腹でグリグリと押してきた。

「……っ」

強く押された胸の奥に何かが生まれる。

それはあのときに感じた甘い疼《うず》き。

キスだけの時には、ただドキドキして蕩けるような陶酔感だけだったのに、その疼きが生まれると身体が変わってしまう。

お腹の奥が熱くなって、蜜が溢れてゆく。

「だめ……、やめて……」

キスが首筋に移り、言葉が紡げるようになると、私は制止の言葉を口にした。

「ロザリナが可愛すぎて我慢できなくなった」

首元から声がする。

「自分はもっと理性的な人間だと思っていた」

胸にあった手が、ガウンの紐を解く。

「誓って、我慢できないほど女性を求めたことなどない」

寝間着のボタンも外す。

「だがお前だけは違う。キスしてもらうだけでおとなしく戻ろうと思っていたのに、あれで火が点いた」

ボタンを外された合わせを口で咥《くわ》えて開き、胸の真ん中にキスされる。キスは数回繰り返しながら指が硬くさせた突起を含んだ。

「あ……ッ！」

瞬間、とろりと何かが溢《あふ》れ出《で》た。

吸われて、舐《な》められて、甘嚙みされて、神経がそこから生まれる痺れを全身に伝える。

力が抜けてしまい、胸に意識を取られ、指が更にボタンを外してゆくのに気づかなかった。下着を外され、そこに触れられて初めて、私は自分の全てが彼の前に差し出されていることに気づいた。

「フォーンハルト……！」

彼の膝の上に座ったまま、脚の間に指を入れられる。

「だめよ……」

必死に彼の身体を押して離れようとした時、指がするりとそこに入り込んだ。

「……アッ！」

「濡れてる」

「や……」

入口のところで蠢《うごめ》く指。

蜜を纏って滑らかな動きでそこを責める。

「ロザリナ」

愛撫を続けながら彼が顔を上げる。

「ただ純粋にお前が欲しい」

「わ……たし達、まだ……結婚ま……え……」

「重々わかっている。だからこれは私の欲だ。キスを待って目を閉じている間に、色んなことを考えてしまった。明日も俺はまだ仕事がある。お前もお茶会がある。忙しくて会う時間は取れない。グラハム侯爵の目も光っていて二人きりにはしてもらえない。まさか彼もこんな時間に俺がお前の部屋を訪れるとは思っていなかったようだが」

彼も礼儀正しい王子様だと思っているのだろう。

「するべきことが終わって時間が取れるようになったら、お前は国に帰る。離れている間に考えが変わるかもしれない。他の男に惹かれるかもしれない」

「そんなことは……」

「ないとわかっていても不安は消えない。俺をこんなも魅了する女性だ」

胸にキス。

「お前の無防備さも、俺を惑わす」

またキス。

「入ってきたのは……、あなたが……」

「そのことじゃない。他の男に警戒していないという意味だ。俺と出会ったばかりの時に、簡単に俺の馬に乗ったり、同じテントで寝たりしただろう。あれが俺ではなかったら、と考えると嫉妬する」

「嫉妬……？」

「いもしない男に、な」

「……あ」

指が引き抜かれ、彼はぐったりした私を抱き立ち上がった。

「フォーンハルト」

「抱く」

「今？」

「今」

確固たる意志を告げる言葉。

もう何を言っても、聞いてはもらえない予感があった。

彼は黙ったまま寝室へ続く扉に向かい、私を抱いたまま器用に扉を開けて奥へ入った。

薄暗い部屋。

枕元に灯った明かりは就寝のためのものなのだから、あまり明るくはないのだ。

ベッドの上に下ろされると思ったのに、彼は私を抱えたままベッドに座った。

腕の中に私を捕らえたまま、またキスをする。

そして自分の前を開けた。

シャツではない、下の方のだ。

「ま……、待って」

慌てて顔を逸《そ》らす。

「すまない、もう苦しくて」

「く……、苦しい？」

顔を背けたままで訊くと、彼は開いたままの寝間着の中に手を入れ、また私の胸に触れてきたた。

「男の身体の仕組みを知らないのか？　お前が欲しくて堪《たま》らない。身体がそう言ってるんだ。それを我慢することは男にとってつらいことなのさ」

「辛い……の？」

「辛いな。痛みを感じるほど」

「……どうしたら楽になるの？」

「想いを遂げたら」

「あ」

私をそっとベッドに横たわらせ、彼がのしかかる。

寝間着を開き、胸に顔を埋める。

手は下肢に伸び、さっきまでの行為の続きを始める。

「あ……」

彼は、ちょっと皮肉屋ですぐ人をからかったりするけれど、ずっと紳士だった。前に私を求めた時には、私の様子を窺いながら許しを乞うた。

でも今は、遠慮も気遣いもなく、私の身体を貪っている。

私のことを考えてないんだわ。

乱暴で情欲に溺れてるのよ。

……けれど、それほどまでに私を求めていることを嬉しいと思っていた。

今日まで、私を迎えるためにずっと戦ってくれていた。こんなにも私を求めている気持ちを我慢して。

こんなふうになったのは私だけだと言ってくれた。たった二週間の私の帰国が不安なのだとも言ってくれた。他の人に取られるのではと心配していると。

　私と同じ気持ちなのだ。

　私達は同じ気持ちなのだ。

「フォーンハルト……」

　指でそこを確かめてから、彼が私を望む。

「どうせ、つまらない女を娶ると思っていた」

　肉塊が私の中に入ってくる。

「あ……」

「家柄だの、有力者だのという基準で、周囲の決めた女を妻にするのだろうと。自分が惚れて欲しいと思う相手を得られるなんて私は幸福だ」

　彼は、私の肩にうっすらと残った傷痕を愛おしそうに撫でた。

「それが勇敢で美しく、慈悲深いとなれば尚《なお》、な」

　抱き締められ、深く穿《うが》たれる。

「あ……！」

　さっきからさんざん弄られて濡れていた場所は、前よりも容易《たやす》く彼を受け入れた。

「は…ぁ……」

　容赦なく中に入ってくる彼に、身体が疼く。

疼きは彼が突き上げてくる度に弾けて甘く消える。

熱を帯びた身体が彼を求めている。

「あ……ン、んん……っ」

フォーンハルトからの愛撫はもうなかった。

私の身体を彷徨《さまよ》っていた手はしっかりと私を抱き締め、ただ中にあるモノだけが私を翻弄する。

奥へ、もっと奥へと侵入する彼に、内側から侵食されてゆく。

私も、いつの間にか彼にしがみついていた。

彼の体温を自分に移そうとでもいうかのように。

「あ……、あ……っ」

進む彼と締め付ける自分。

その動きが徐々に合っていき、二人で同じ船に乗っているようだ。

その船の終着地はもう目の前だった。

「ロザリナ……」

喘《あえ》ぐ私の顔を、彼が覗き込む。

「まるで坂道を転がるようにお前にのめり込んでゆく自分が怖いな」

私も。

自由に森を駆け巡っていた幼い私はもうどこにもいない。

愛しい人に貪られる悦《よろこ》びに溺れてゆく女になってしまった。

「あ……っ！」

けれどその変化も、私にとっては喜びだった。

「……っ！」

式までは我慢だと堪えた彼が、私の中で果てたのを感じたことが至福と思うことと同じくらいに。


彼の腕の中で眠る時間は幸福だった。

さっきまでの激しさが嘘のように、優しく私を包む腕。

熱は冷めても温もりが残り、その温もりが私を彼の妻たらしめていた。

私は、これから国へ戻らなければならない。

お父様達にはきっとたっぷりと怒られるだろう。

城を抜け出したことも、彼のために怪我をしたことも。駆け落ちをしたという手紙が虚偽であったことは伝えるべきかしら？　それともそれが真実だと言い張るべきかしら？

どちらを告げても、それもまた怒りの原因になるだろう。

あと、怒られる理由は何かしら？

婚姻前に彼に全てを捧げてしまったこと？

……それは秘密ね。

私が怒られることはいいけれど、フォーンハルトの品位を疑われてしまうもの。

お母様の反応はお父様と同じでしょうね。

お兄様やお姉様は私に甘いから、私の結婚をきっと祝福してくださるわ。

ただ下のお姉様達の中には、自分よりも先に結婚するのかと怒る方もいらっしゃるかも知れないわね。

けれどまあいいわ。

私は国には残らないのだから、お顔を合わせる機会も少ないでしょうし。

二週間で結婚の支度を整えてファンザムを発《た》つ時には、私はもうクレスタに『向かう』のではなく、クレスタに『戻る』のだ。

私の心はもうあの国にはない。

私を包むこの腕の持ち主と共に、ここにある。

結婚式はまだだけれど、彼が私の中に放った時、それを受け入れた時、私達は身も心も一つになった。

それをまだ他の人に言えないのが残念だわ。

「眠れないか？」

身じろいだ私に彼が声をかける。

「朝、あなたがここにいることを知られたらあなたの立場が悪くなるのでは、と考えていました」

「お前が眠りについたら独り寝のベッドへ戻るさ。朝までいてやれるのは式の後だ。待ち遠しい」

「その前にやらなければならないことが沢山ありますわ」

「そうだな」

彼の腕がまた私を抱き寄せる。

「だが今は考えないことにする。せっかく愛しい者が自分の腕の中にいるというのに、何故他のことを考えなければならない？」

「まあ……。では、私のことを考えてくれてるの？」

問いかけると、彼は私の長い黒髪を私を抱いていない方の手に巻き付けた。

「ああ。グラハム侯爵から聞いたが、地方の城で奔放に育ったのだろう？　国内の不穏分子は取り除いた。これで俺も自由に動ける。俺以上に自由過ぎる妻を伴って国内を見て回るのもいいな」

「素敵だわ」

「狩りに行ってもいい。馬には乗れるだろう？」

「ええ」

「お前はそのまま、自由でいていい。型に嵌まった王妃になどならなくていい。俺は無謀なロザリナに惹かれたのだから」

「……無謀ではありません」

「この話題は長引きそうだな。今は休め」

彼は布団を引っ張って私に掛け直した。

「お前と言い合いをするのは楽しいが、それはこれからの時間にとっておこう。先は長いのだから」

「そうね、先は長いわね」

私は、彼に身を擦り寄せ目を閉じた。

これからの人生を彼と過ごすと決めたのだもの、とてもとても長い時間が待っているだろう。

だから今は、ただこの温もりの中で眠る幸せに浸ることにしよう。

この愛に寄り添って……。

あとがき

皆様初めまして、もしくはお久し振りです。火崎勇です。

この度は『十番目の姫ですが、隣国王子の婚約者のフリをしています』をお手にとっていただきありがとうございます。

イラストのことね壱花様、すてきなイラストありがとうございます。担当のN様、色々お世話になりました。

さて、今回のお話、いかがでしたでしょうか？

ここからはネタバレありますので、お嫌な方は後回しにしてください。

フォーンハルトが最後で言いますが、彼はロザリーがロザリナだと気づいていました。

最初はどこかのメイドか侍女だろうと思っていて、美人だし慎みがあって気が強いところが気に入りちょっと心惹かれはしたけれど、自分の身分では心を傾けてもいいことはないと彼女を送り出しました。

けれど怪我のことがあり、すぐに近くの館へ運び、医師が来る前に傷の手当をしようとドレスを裂いた時、下着が絹であることから彼女がただのメイドなどではないと気づきました。さらに未来の国王ですから、ロザリナと違い、自国の国境付近に誰が住んでいるかをすぐに思い出したのです。

いくらお転婆でも、王女が我が身を顧みずに、どこの誰とも知れない自分を助けた、ということで更に彼女が気に入ってしまいます。

そして、王女ならば、自分の相手として不足はないとも。

そうなると、あとは恋の坂道を転がるだけです。（笑）

もしよろしかったら、あ、こいつ惚れてるなという目でもう一度読み返してみてください。フォーンハルトのもどかしさが味わえます。

まあ、そんなわけで、ほぼ一目惚れの彼の恋は実ったわけですが、これから二人はどうなるのでしょうか？

まず、ロザリナは実家へ戻って、両親から大目玉です。

結果的には隣国との懸け橋になったわけですが、それとこれとは別。十番目でも、ちゃんと彼女のことを愛していたのですね。

十番目は政治的な重要度のない王女ですが、家族愛はあるのです。ただ、彼女が十番目だから、駆け落ちしても大々的に捜されなかったのでしょう。

となると、もしかしたら娘が隣国へ行かないようにこっそり国内の貴族の男性を紹介したりするかも。もちろんロザリナはその企みに気づき、さりげなく未婚のお姉様を焚き付けてそっちで纏まるように仕向けるでしょうが。

無事準備期間が終わると、今度は戻る彼女にお兄様がくっついて来る。

兄対フォーンハルトの戦いもありかも。

ついでに、くっついて来たお兄様がアルメリアに一目惚れ、なんていうのがあるといいかも。彼女にしてみれば、突然婚約破棄されて、平民の娘が大きな顔をしてたわけですから、冷たい態度も当然。根は悪い女性ではなかったのです。

なのでお兄様が求婚しても、自分は二人の王子に婚約を破棄され、あなたの妹である未来の王妃に悪態をついた者ですから、彼女が許すとは思えませんと断る。

でも、ロザリナも事情はわかっているので、それこそここに残れば辛い目にあうだろうから、望むなら兄の手を取って欲しいというでしょう。

ロザリナがクレスタに戻ったら、すぐに結婚式です。

何せ、最初からロザリナに惚れていたフォーンハルトとしては早く自分のものにしたかったわけですから。

そして二人は幸せに暮らしましたとさ……、となるとつまらないので、色々あってもいいかもしれませんね。

やはり恋のライバルということでしょうが、王妃となったからには生半可な相手は口出しできません。何せ、フォーンハルトはベタ惚れなので、ちょっとでもその気がありそうな者はすぐに牽制するでしょうし。

となると、別の国の王や王子が、クレスタに騒乱を起こそうとしてちょっかい出してくるとか？

王妃の座は諦めても、側妃の座を狙う貴族の娘とか？

いやいやそれより二人でお忍びで街に出た時、流しの剣士とか冒険者みたいな男に、『そんな生っ白い男より俺を選べよ』とか迫られる。

フォーンハルトもお忍びなので王子としての権力が使えず、一介の男として戦わなければならなくなる、という方が面白いかな？

しかもフォーンハルトをただの貴族と思ってロザリナから奪おうとする街の女が彼の寝室に忍び込み、そこをロザリナに目撃されて大ケンカとか。

相手の女性がグラマラスな美女だと、ロザリナも敗北感があって疑っちゃう。

ま、どんな障害があっても、メロメロフォーンハルトが「俺の妻はただ一人だ！」と宣言すれば終わるのでしょうが。（笑）

それではそろそろ時間となりました。またの会う日を楽しみに、皆様御機嫌好う。

火崎　勇

原稿大募集

ヴァニラ文庫では乙女のための官能ロマンス小説を募集しております。
優秀な作品は当社より文庫として刊行いたします。
また、将来性のある方には編集者が担当につき、個別に指導いたします。

◆募集作品

男女の性描写のあるオリジナルロマンス小説（二次創作は不可）。
商業未発表であれば、同人誌・Web 上で発表済みの作品でも応募可能です。

◆応募資格

年齢性別プロアマ問いません。

◆応募要項

・パソコンもしくはワープロ機器を使用した原稿に限ります。
・原稿は A4 判の用紙を横にして、縦書きで 40 字 ×34 行で 110 枚 ~130 枚。
・用紙の 1 枚目に以下の項目を記入してください。
①作品名（ふりがな）/②作家名（ふりがな）/③本名（ふりがな）/
④年齢職業 /⑤連絡先（郵便番号・住所・電話番号）/⑥メールアドレス /
⑦略歴（他紙応募歴等）/⑧サイト URL（なければ省略）
・用紙の 2 枚目に 800 字程度のあらすじを付けてください。
・プリントアウトした作品原稿には必ず通し番号を入れ、右上をクリップなどで綴じてください。

注意事項

・お送りいただいた原稿は返却いたしません。あらかじめご了承ください。
・応募方法は必ず印刷されたものをお送りください。CD-R などのデータのみの応募はお断りいたします。
・採用された方のみ担当者よりご連絡いたします。選考経過・審査結果についてのお問い合わせには応じられませんのでご了承ください。

◆応募先

〒100-0004　東京都千代田区大手町 1-5-1　大手町ファーストスクエアイーストタワー
株式会社ハーパーコリンズ・ジャパン　「ヴァニラ文庫作品募集」係

十番目の姫ですが、隣国王子の婚約者のフリをしています

Vanilla文庫

2022年4月20日　第1刷発行　定価はカバーに表示してあります

著　者　火崎 勇　©YUU HIZAKI 2022
装　画　ことね壱花
発行人　鈴木幸辰
発行所　株式会社ハーパーコリンズ・ジャパン
東京都千代田区大手町1-5-1
電話　03-6269-2883（営業）
0570-008091（読者サービス係）
印刷・製本　中央精版印刷株式会社

Printed in Japan ©K.K. HarperCollins Japan 2022 ISBN978-4-596-42892-9